<table>
<tr><td>1. 시　집</td><td>

• 『창가에 심는 그리움의 나무』
• 『너는 바다 크기로 내 안에 들어와』
• 『하늘에 걸린 정원』(황금찬, 홍금자 2인 시집)
• 『그대 따라 나서는 길』
• 『목마른 나무가 되어』
• 『유년의 우물』
• 『고삐 풀린 시간들』
• 『우수날의 강변』
• 『너를 바라보는 것만으로도 기쁨인 날』(시선)
• 『새벽강 저쪽』(시선)
</td></tr>
</table>

2. 산문집
(공 저)

• 『어머니 찾아가기』
• 『나의 남자 친구』
• 『아름답고 소중한 것』
• 『흔들리는 겨울』
• 『불꽃 튀는 도시』
• 『한국 현대시선 』外 20여 권

3. 가곡 작시

• 그 사랑 앞에서(허방자 작곡), 2004, 이원문화센터 공연
• 꿈꾸는 아이(임준희 작곡), 2004년, 이원문화센터 공연
• 그리움의 나무로(오숙자 작곡), 2004
• 해맞이(이찬해 작곡), 2005, KBS FM 방송
• 그날이여(이안삼 작곡), 2007, KBS홀 공연
• 한강 환상곡(이동훈 작곡), 2006, 예술의전당 콘서트홀 공연
• 사랑은(이안삼 작곡), 2007, 금호아트홀 공연
• 사랑의 나무(임등수 작곡), 2007, 부산시민대극장 공연
• 제주풍경(최영섭 작곡), 2007, 제주문예회관 공연
• 제1회 대한민국 가곡제 작시 '사랑은', 2007, 영산아트홀 공연

4. 수 상

• 윤동주 문학상(1992)
• 새천년 한국문학상(2001)
• 마포구 문화상(2004)
• 울림예술대상(2006)

문학의 풍경화

문학의 풍경화

글쓴이 / 홍금자
펴낸이 / 孫貞順
펴낸곳 / 모아드림

1판1쇄 / 2007년 11월 28일
서울 서대문구 북아현3동 1-1278
전화 / 365-8111~2
팩시밀리 / 365-8110
E-mail / morebook@morebook.co.kr
http://www.morebook.co.kr
등록번호 / 제2-2264호(1996.10.24)

ⓒ홍금자
ISBN 978-89-5664-110-2 (03810)

값 9,000원

문학의 풍경화

홍금자 인물 에세이

모아드림

시 전문 계간지 《시마을》

　발행인 황금찬 시인과 1993년을 첫 호로 2005년 50호까지 편집장 직책을 맡았었다. 그동안 만났던 원로 문인 50분들의 탐방 이야기를 엮는다. 여기에는 이 땅에 별처럼 빛나시던 분들 중 여러 분이 흐르는 세월 속으로 묻히셨다. 그립고 슬픈 일이다. 그러기에 새삼 여기에 기록된 분들의 말씀이 소중하고 아름답다. 나의 20여 년 문단 경력 동안 남겨진 이 귀중한 만남의 추억들이 보석처럼 빛나고 있다. 어린 시절부터 문학에 대한 갈망과 열정 그리고 불타는 예술혼이 지문처럼 각인되어 이 시대를 살아내신 분들의 문학 사랑의 마음을, 그 문학의 향기를 이 책을 만나는 모든 분들과 함께 나누고 싶다. 《시마을》을 위해 헌신적 예술혼으로 표지화를 그려 주셨던 존경하는 최경한 화백, 이만익 화백, 오수환 화백께 진심으로 고마운 마음을 드린다.

2007. 10.

홍금자

■목차

책 머리에 ──── 7

김영태 시인을 찾아서 ──── 13

황 명 한국문인협회 이사장을 찾아서 ──── 16

혜화동의 거목 조병화 ──── 19

박두진 시인을 찾아서 ──── 22

황금 방석 위에서 꾸는 꿈-김구용 시인을 찾아서 ── 26

라벤다의 향기처럼-홍윤숙 시인을 만나고 ──── 29

최재형 시인을 찾아서 ──── 32

산을 사랑하는 시인-장 호 시인과 함께 ──── 35

무릎을 꿇고 고요히 앉아 있는 것-피천득 선생님을 만나고── 38

구 상 시인을 찾아서 ──── 41

박태진 선생님을 찾아서 ──── 44

김광식 선생님을 찾아서 ──── 47

김종길 시인을 찾아서 —— 50

김시철 시인을 찾아서 —— 54

박희진 시인을 찾아서 —— 57

어효선 동요 시인을 찾아서 —— 60

박화목 시인을 찾아서 —— 63

이생진 시인을 찾아서 —— 66

김후란 시인을 찾아서 —— 69

윤석중 선생님을 찾아서 —— 73

임 보 시인을 찾아서 —— 76

허영자 시인을 만나서 —— 80

이성교 시인을 찾아서 —— 84

성춘복 시인을 찾아서 —— 88

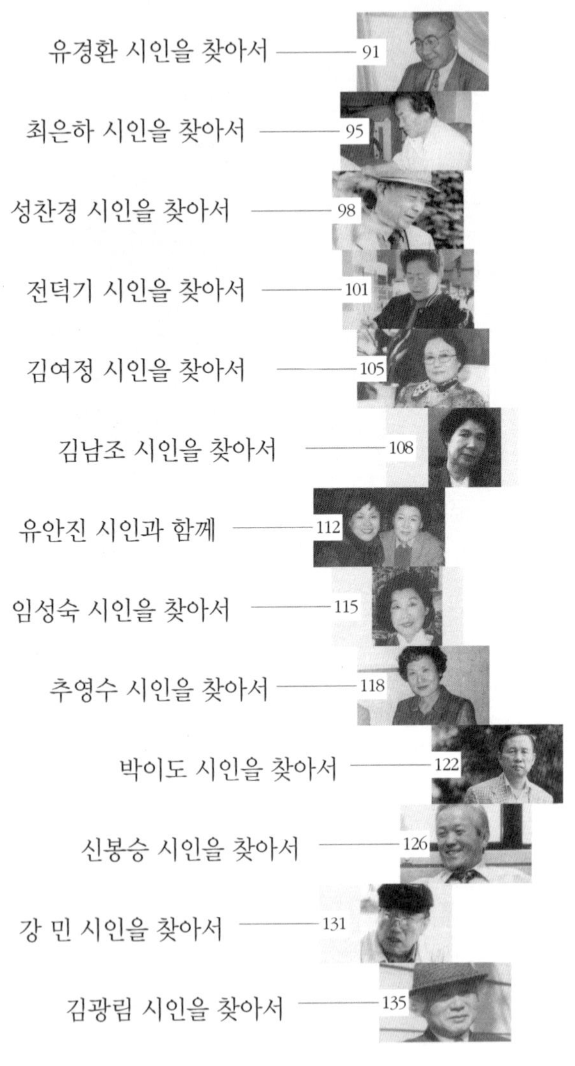

유경환 시인을 찾아서 ——— 91

최은하 시인을 찾아서 ——— 95

성찬경 시인을 찾아서 ——— 98

전덕기 시인을 찾아서 ——— 101

김여정 시인을 찾아서 ——— 105

김남조 시인을 찾아서 ——— 108

유안진 시인과 함께 ——— 112

임성숙 시인을 찾아서 ——— 115

추영수 시인을 찾아서 ——— 118

박이도 시인을 찾아서 ——— 122

신봉승 시인을 찾아서 ——— 126

강 민 시인을 찾아서 ——— 131

김광림 시인을 찾아서 ——— 135

함동선 시인을 찾아서 ——— 139

성기조 시인을 찾아서 ——— 142

이경희 시인을 찾아서 ——— 147

소설가 구혜영 선생님을 찾아서 ——— 152

홍승주 선생님을 찾아서 ——— 156

소설가 박순녀 선생님을 찾아서 ——— 161

신달자 시인을 찾아서 ——— 165

이철호 소설가를 찾아서 ——— 169

전옥주 희곡작가를 찾아서 ——— 173

이향아 시인을 찾아서 ——— 179

이준영 시인을 찾아서 ——— 183

김동호 시인을 찾아서 ——— 188

조병무 시인을 찾아서 ——— 193

주요 활동 및 약력 ——— 198

김영태 시인을 찾아서

'직장'이라고 24년간 몸담아온 외환은행을 어느 날 훌쩍 떨쳐 버리고, 혜화동 한쪽에 자리 잡은 게 벌써 두 해째.

웬만하면 여기저기 엽서 한 장씩 띄웠을 법도 하건만 의례적인 치레에는 도통 손방인 탓에 아직 소식 감감인 시인도 많으리라.

어느 모임에도 얼굴 비치는 일 거의 없는, 피치 못할 사정으로 참석하였어도 구석진 뒤쪽에서야 간신히 찾을 수 있는──그러나 선생만큼 제 모습 분명한 사람이 어디 흔할까.

일에도, 사적인 관계에도 반듯하고 철저하다. 흐트러진 머리, 헐렁한 매무새, 어느 하나 '자기 관리'의 영역에서 벗어난 것은 없다. 일 관계에도 주고받을 것이 명확하다. 누구에게 해가 될 일일랑 아예 피한다.

대책 마련도 없이 성가시기만 한 혜화동 골목의 주차 단속을 피해 일찌감치 동숭동 유료 주차장에 차를 넣고 산책 삼아 언덕길을 올라오면 오전 9시 근처. 향기 좋은 커피 한 잔과 책상에 앉으면 '작업'이 시작되는데 여기서 한 달 육칠십여 작품의 무용 평론과 《현대시학》을 비롯한 네 군데쯤의 고정 연재물, 예의 그 어눌한 듯 독보적인 스케치가 탄생한다.

시우(詩友) '成 兄'의 주선으로 자리 잡은 출판사 '혜화당'의 부산한 일상은 선생과 전혀 무관하다. 완벽한 귀머거리고 장님이다. 이 대단한 '몰두'가 많은 양의 일을 소화해 내는 선생의 비결. 두 시간여의 점심 외출 때는 별일(외유, 공연 관람 등)이 없는 한 찻집 '메모리'에도 얼굴을 비친다.

금년은 꽤 바쁘다. 우선 다섯 번째 무용 평론집 『눈의 나라 사탕 비누들』이 다음 달에 나오고, 산문집 『핀지콘티니家의 정원』과 15번째 시집(3권의 시선집 포함) 『고래는 명상가』는 상반기에 출간되었으며 『예술가의 삶』도 곧 선보일 예정이다.

시 쓰는 외에도 꼭 하고 싶은 일, 여행도 다음 달 계획의 하나. 10월 20일부터 사흘간은 혜화당 宋시인의 도움으로 예총

회관 화랑에서 피아노와 발레를 주제로 한 다섯 번째 개인전
도 갖는다.

　이런 선생이 근래 들어 엄살같이 '노인' 타령을 더러 한다.
하지만 '혼자' 일 줄 아는 사람은 늘 젊은 법. 선생은 '혼자' 에
익숙하다. 꽃을 들고 방문하는 소녀들이 무진 많아도 늘 '혼
자' 일 줄 안다. 그래서 언제나 자유롭다.

황명 한국문인협회 이사장을 찾아서

유난히도 태풍이 많고 지루했던 여름이었다.

장마가 걷힘과 함께 새로운 시집을 탄생시킬 한국문인협회(문협) 이사장 황명 시인을 만났다. 첫 시집인 『날아라 아침의 새들이여』이후 8년여 만에 나올 시집에 가벼운 흥분을 애써 누르고 있었다.

문단에 첫발을 내디뎠던 1950년대의 그의 시는 역사적·민족적 의식을 가지고 출발했었다. 곧 출간될 그의 시의 새로운 변모에 기대를 갖는다. 지난여름 제4회 해외 문학 심포지엄(8월 1일~2일)을 위해 문협 회원들과 호주 시드니에서의 여러 가지 일들을 알아보았다.

크고 작은 문협의 일들 중 해외 문학 심포지엄은 큰 비중을 차지하고 있는 일이다. 본래 해외 문학 심포지엄의 목적이며 취지는 외국에 살고 있는 우리 동포 작가들의 작품 활동 격려와 세계 속에 우리 문학을 확산시키는 일이다.

　지금까지 그곳에 살고 있는 우리 동포 작가들에게만 문학상을 수여했는데, 앞으로는 범위를 넓혀 한국 문학을 연구하거나 한국 문학에 공헌한 외국 작가나 교수들에게도 문학상을 수여할 것이라 한다.

　그렇게 함으로써 우리 문학작품들을 올바르게 평가하고 번역하여 세계 속에 우리 문학을 심을 수 있는 계기가 되리라는 점에서이다.

　8월 1일 시드니에서 열린 한국 문학의 밤 행사 중 가장 인상 깊었던 것은, 교포들이 300여 명이나 참석한 가운데 나라 안팎 시인들의 시 낭송과 민속춤, 그리고 우리 민요와 가요, 또 호주 원주민들의 춤까지 곁들여 실로 감동적이었다는 데 있다. 특히 우리 민요를 부를 땐 모두가 눈물을 흘려 동포애를 더욱 뜨겁게 느낄 수 있었다.

　앞으로 문협이 추진하고 발전해야 할 여러 가지 일들이 있다.

그중 지금까지는 중앙 중심 체제의 일들이었지만 앞으로 지회나 지부가 기능이 강화될 수 있도록 행정적 지원을 할 것이며, 지방 회원들에게도 《월간문학》에 발표 지면의 기회를 균등하게 함과 동시에 현재도 실시하고 있는 지방 지역 문학 순례 행사를 더욱 강화시키겠다는 의지를 보였다.

이것은 곧 지방화 시대에 걸맞은 구상이라 하겠다.

특별히 문협 회원들의 친목과 문협의 활성화 방향에 최선의 노력을 기울이겠다는 다짐과 같은 이사장의 굳은 결의를 보면서 새로운 모습의 문단 발전에 기대를 걸며 문협 사무실의 문을 나섰다.

혜화동의 거목 조병화

-고희를 넘긴 소년

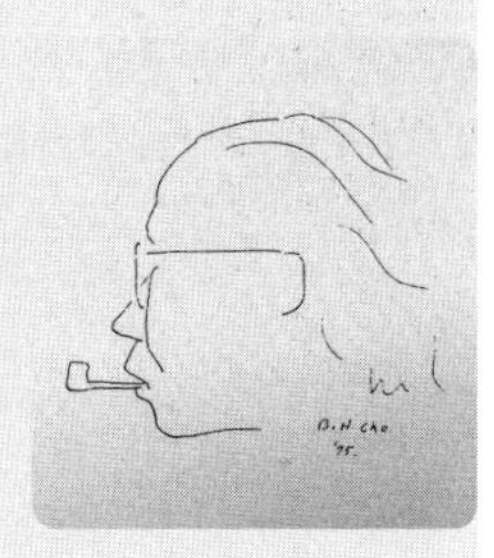

종로구 혜화동 107번지. 언제부터인가 혜화동은 문화의 거리로 꽃피고 있었다. 그곳은 넘치는 젊음이 있는 곳이기도 하다. 대학로의 불타는 예술혼의 열기는 이 일대를 풋풋하게 감싸고 있다. 혜화동 로터리에서 혜화동 주유소를 끼고 5~6m 거리에 우리 문단의 거목이신 조병화 선생님이 늘 그 자리를 지키고 계신다.

한 해를 마감하는 12월. 조금은 무겁게 느껴지는 철문을 열고 들어서자 예의 파이프를 무신 채 반갑게 맞으시는 선생님을 뵈니 무척 마음이 따뜻했다. 고희를 넘기시고도 전혀 연륜을 느끼지 못할 정도로 환한 동안을 가지신 선생님. 곧 그 비결을 물었다. "그건 비밀인데……." 하신 후 선생님은 소년처럼 웃으시면서 건강의 비결을 말씀하신다.

첫 번째 소식을 하시며 주로 야채와 과일, 그리고 맨손체조를 하루도 거르지 않으신단다. 일은 꼭 오전에만 하시고 오후

엔 휴식을 취하신다. 세수를 하실 때는 찬물에 비누는 절대로 사용하지 않으신다고 말씀해 주셨다. 물론 이것은 비밀?

요즘은 테이프와 CD로 39번째 시집 『잠 잃은 밤에』작품을 내셨다. 그리고 또 새해 초에 발간될 40번째 시집 『개구리의 명상』을 마무리해 놓으셨단다. 정말 놀라운 일이다. 우리나라에서 최다 시집을 내신 분. 어디서 그런 정열이 나올 수 있을까?

누구도 따르지 못할 시에 대한 사랑과 정열. 그것은 어디에서 근원된 것일까? 잠시 생각하는데 선생님께선 이미 내 속마음을 아신 듯 말씀해 주신다.

"내가 이렇게 쓸 수 있는 것은 바로 시는 내가 살아가는 길이기 때문이죠." 하신다. 이 말씀에 내 자신 감히 시를 쓴다고 말하기조차 부끄러운 마음이 들어 제대로 말씀 여쭤 보기가 민망스러웠다.

"저를 비롯한 후배 시인들에게 한 말씀 부탁드립니다." 하자 선생님은, "시를 쓰는 사람은 언제나 자기 자신을 점검해야 합니다. 그리고 남과의 경쟁, 비교, 유행을 따르지 말고 꾸준히 자기 세계를 구축해 나가야 합니다. 또 한 가지는 개성 있는 시를 쓰도록 노력해야 할 것입니다." 라고 당부하시는 말씀에 마음 가득 거목의 당부를 안고, 부자가 된 듯 하루가 구름처럼 날았다.

박두진 시인을 찾아서

우수 경칩이 지났는데 아직도 꽃샘바람은 기세를 꺾지 않는다.

바람을 밀치며 연희 우체국 언덕배기를 향해 200m 정도의 지점에서 새로 지은 집이란 걸 금방 알 수 있는 투명하고 깨끗한 2층 양옥을 찾았다. 현관까지 나오셔서 반갑게 맞아 주시는 선생님의 따뜻함이 마치 해의 나라에 온 듯했다. 거실에 들어가는 순간 소우주의 잔치가 벌어졌다.

평소 좋아하는 아니, 사랑하는 수석들이 어깨를 나란히 하는가 하면 서로 얼굴을 마주하고 가지런히 빛나고 있었다. 그들은 작은 왕국을 이루고 있었다. 아니, 그것은 정갈한 모습을 지닌 선생님의 왕국이었다. 준수한 수석만도 500여 점. 전체는 1,000여 점이 넘는다고 귀띔해 주신다.

지금도 주말엔 꼭 수석을 찾아 새벽 5시 30분쯤 출발하여 밤 12시에 돌아오신다. 정말 대단한 사랑과 집념이 아닐 수 없

다. 그래서인지 선생님은 무척 건강한 모습이셨다. 고희를 훨씬 넘기셨지만 아침마다 단전호흡과 냉수마찰로 건강을 유지하신다니 놀라웠다.

따뜻한 차를 대하면서 1939년 《문장》에 데뷔하실 때의 이야기를 들었다.

선생님은 6세 때부터 고대소설을 탐독하셨고 부친껜 한문을 배우셨다. 19세 때 안성에서 서울로 올라와 독학을 하면서 한때는 그리스 철학에 심취해 보기도 했으나, 같은 하숙집에 있던 청년으로부터 권유를 받아 《문장》을 접하게 되었고 시작에 몰두하게 되었다. 문장 세 번째 호인가에 작품을 투고하였다.

그러나 그 호에 명단이 없어 실의에 빠져 있는데 그 다음 호에 발표되었다. 여간한 기쁨이 아닐 수 없었다. 먼저 하나님께 감사드렸다(큰 누님의 영향으로 기독교인이 됨).

발표된 작품은 「향연」과 「묘지송」이었다. 그중 「향연」은 민족의 독립 정신을 강하게 나타낸 작품이다.

"핏내를 잊은 여우 이리 등속이, 사슴 토끼와 더불어 싸릿순 칡순을 찾아 함께 즐거이 뛰는 날을, 믿고 길이 기다려도 좋으랴?"

또한 「묘지송」을 쓸 때는 당인리에 가서 새소리를 익히기 위해 몇 시간 동안을 움직이지 않고 새소리를 들어 쓰신 작품이라 한다.

이렇게 하여 시인 박두진은 탄생되었다.

공초 선생님은 「묘지송」을 읽으신 후 "죽음은 슬픔이 아니다." 라고 말씀해 주셨다 한다.

선생님은 언제나 감상주의에 빠지는 것을 배격했고 일제강점기에도 늘 우리 문학을 지키려고 노력했으며, 해방 후엔 청년문학가협회에 가입해 많은 문학도를 만나게 되었다.

–청록파 시인으로 탄생된 동기는?

일제강점기 때 투쟁 시들을 모아 조지훈 집에서 목월과 함께 동인집을 만들기로 의논이 되었다. 의견이 일치하자 셋은 돈암동 어느 술집에 들어가 동인지 명칭을 어떻게 할까 의논하던 중 지훈은 서창집, 두진은 꽃구름, 목월이 청록집이 어떠냐고 의견을 내 놓자 모두 청록집이 좋겠다고 하여 청록집이 나오게 되었고, 그들은 청록파 시인이 된 것이다.

표지 그림은 김용준 선생님이 맡았고, 정지용 선생님이 서

문을 쓰기로 했으나 받지 못하고 말았다.

『청록집』이 나오자 문단에서 큰 호응을 얻게 되었고, 박두진 선생님은 우리 문단사에서 큰 획을 긋는 역사 인물이 되었다. 아쉽게도 조지훈 선생님, 박목월 선생님은 가셨지만 선생님께서 건강한 모습으로 우리 문단을 지키시니 여간 고마운 일이 아니다.

• 《시마을》 본지에 대하여 한 말씀
"황금찬 시인께서 시 운동을 위해 심혈을 기울이시는 데에 감사를 드립니다. 시의 원형질인 시의 정신, 시의 힘, 시의 아름다움을 잃지 말고 좋은 시, 좋은 시인을 만나는 광장의 역할과 창간 정신을 끝까지 가지고 잘 이끌어 가시길 바랍니다."

선생님의 애정 어린 말씀과 「가시 면류관」 자작시 낭송은 영원히 감동으로 오래오래 기억될 것입니다.

황금 방석 위에서 꾸는 꿈

– 김구용 시인을 찾아서

초여름의 따가운 햇살이 낮게 깔린 오월의 한낮. 돈암동 성신여대 정문에서 오른쪽으로 일곱 번째쯤일까?

아담한 대문에 김구용이란 문패를 만났다.

대문을 들어서자 정갈한 한옥 마당에 커다란 은행나무가 집을 지키고 있었다. 선생님을 뵙는 순간 알지 못할 작은 슬픔 같은 것이 마음에 젖어 왔다. 몹시 건강이 좋지 않아 거동이 불편하신 때문이리라.

이제 72세. 그동안 대학 교수직을 정년퇴임하시고 작품도 쓰지 않으셨다는 말씀에 또 가슴이 아팠다. 그리고 「옥」이란 선생님의 작품을 생각했다.

「옥」은 바로 당신 자신이 아닐는지–.

옥

언제나 어디서나 누구나
보는 해는 하나요
자랑하지 않네

듣기보다 고생한 옷을 입고
보기보다 고운 옥은
죄 많은 손에 이마를 맡기고
미안해한다.

　1949년, 문인으로는 처음으로 김동리 선생님을 만났으며
그의 추천으로 당시 《서울신문》에서 발행한 《신천지》란 문예

지에 「산중야」 「백탑승」을 발표하시어 문단에 등단하셨다. 6·25 직후 선생님은 소공동 '훌라워' 다방을 자주 다니셨는데 그곳에서 박목월 선생님을 비롯한 많은 문인들을 알게 되었다. 그때는 누구나 가난하여 식사를 거를 때가 많았던 시절. 그래도 문인들이 만나면 서로 호주머니를 털어 가장 값싼 수제비를 나눠 먹었다고 그때를 회상하신다.

문단 생활 중 가장 아름답고 행복했던 시절이라 말씀하시는데 순간 행복의 미소가 노안 가득 햇살처럼 퍼졌다.

1950대에 장시 「구곡」을 발표하여 문단에 큰 빛을 밝혔다.

그는 "어떤 시를 만나든 문학은 정답이 없는 것이다." 라고 하시며 아직도 다 펼치지 못한 문학에 대한 아쉬움을 후배 시인의 어깨 위에 가볍게 얹으신다. 그러면서 앞마당을 다 차지하다시피 한 30여 년 된 은행나무를 가리키며 "가을이면 이곳엔 황금 방석이 깔리지." 하시며 독백처럼 말씀하신다.

불편하신 몸으로 대문까지 배웅하시는 노시인에게서 이런 생각을 해 보았다.

황금 방석? 노시인은 황금 방석에 앉아 무엇을 꿈꾸고 계실까?

라벤다의 향기처럼

– 홍윤숙 시인을 만나고

라벤다.

코끝에 연하게 스며오는 마른 한약재 같은 냄새. 흡사 쑥내처럼 쌉쌀하면서도 독하지 않고 장미나 백합처럼 화려하지 않는 냄새. 나는 어디서나 그 꽃의 향기를 눈 감고도 가려 낼 수 있다.

꽃은 이름이나 향기처럼 아름답지 못하다. 가는 철사처럼 빳빳한 줄기 끝에 오글오글 모여 붙은 진보라 작은 꽃 딱지들.

라벤다. 나의 출생 나의 생존과 아무런 상관없는 이국의 꽃.

이것이 지금 나의 오관의 죽은 감성들을 바늘 끝처럼 일깨우며 살 속 갈피갈피에 잠들었던 생의 벨소리를 울리고 있다.

무슨 일일까?

태양이 쏘아 내는 수천만 개 불의 화살에 타 버린 듯 까맣게 죽어 버린 감정의 뜰에 어쩌다 찾아든 이 작은 반란이 신선하기만 하니.

— 「라벤다의 향기」 중에서

홍윤숙 시인.

외모에서처럼 시인은 무척이나 정갈하면서도 내성적 성격을 지니고 있었다.

아침부터 내리기 시작한 비로 하여 우산까지 들고 좀 어두운 색으로 홍윤숙 선생님을 뵙게 되었다.

방금 외출하고 돌아오셨기에 조금은 피로하신 듯했다.

요즘은 건강이 좋지 않으셔서 자주 병원을 다니신다.

몸이 무척 여위셨으나 내색 않으시고 여러 가지 이야기들을 해 주셨다.

선생님은 여고 시절 무척이나 연극을 좋아하셨고 연극 부장과 주인공을 도맡아 하셨다.

특히 대학생 극을 처음으로 시도하여 중앙방송국의 섭외까지 받았었다. 이것이 계기가 되어 '58년 무렵엔 《조선일보》 신춘문예에 「원정」이란 희곡이 당선되었고 시극 「여자의 공원」 「에덴, 그 후의 도시」 두 편을 쓰셨다.

—시는 언제부터 쓰셨는지요?

대학 시절 어느 시인에게 「가을」이란 시를 보여주게 된 것이 계기가 되어 1947년 《문예신보》에 발표되면서 본격적인 시작에 들어가게 되었다.

—시는 선생님의 생애에 어떤 영향을 주었는지요?

현재까지 시집 10권. 산문집 8권 외에 시극, 희곡 등을 써왔지만 시는 내 생애 버릴 수 없는 길이라고 생각합니다.

연극도 잠시 불이 붙었다 꺼졌습니다. 시는 항상 내 생활 곁에서 구상되고 쓰게 됩니다. 그리고 언어가 빚는 이미지에 대한 매력은 어떤 장르에서도 맛볼 수 없는 것이죠. 시가 없이는 헛사는 느낌입니다. 시를 못 쓰는 날은 나를 버리고 산다고 생각이 됩니다.

내년엔 다시 한 권의 시집을 묶을 계획이라고 하시며 입가에 잔잔한 웃음으로 영원한 시인임을 대신 말해 주는 듯했다.
"나의 가장 큰 적은 나 자신이다." 라고 말하면서…….
메마르고 단단한 땅에서 고독한 향기를 뿜어내는 라벤다처럼 향기를 갖는 아름다운 시인, 시는 살고 있다는 존재 의식에 대한 작업이요, 또한 내 삶이라고 말하는 시의 연인. 홍윤숙 시인.

최재형 시인을 찾아서

– 진실만을 말하는 시인

1917년 8월 17일 평남 안주에서 출생하였다.

가난한 소작농의 아들로 태어난 그는 춘천에서 사시던 할머니의 도움으로 소학교를 다니게 되었다. 소학교를 마친 후 다시 공부하기엔 돈이 없어 스님이셨던 숙부의 권유로 중학교에 들어가게 된다. 제일고등보통학교(현 경기중학교)에 입학하게 되었다. 수재들이 모였던 곳, 다른 학생들보다 5~6세 정도는 나이가 들었다. 그는 그때부터 시를 읽고 쓰기 시작했다. 당시엔 정지용과 김광균의 시를 많이 읽었다. 《조광》지에 계속 투고하여 1년에 1번 정도는 작품 발표를 하게 되었다. 당시 《조선일보》에 계시던 평론가 이원조 선생님을 만나게 되어 문학의 길로 가리라 마음먹는다. 그해 12월 《조선일보》 신춘문예에 응모하여 당선되었다. 1939년 1월 1일자 《조선일보》에 시 「여름 산」이 당선 발표되어 상금 5원을 받았다.

여름 산

한 나절 청산은 조울고
구름은 둥둥 영(嶺)넘어 간다

은어새끼 송사리떼 파들거리는 산여울
산색씨 사랑처럼 오손도손 정다웁다

멀구 다래는 정적을 담고
이끼 앉은 팡구엔 전설도 없다

어제 아랫마을 병아리를 채 간 솔개미는
허공에 나래를 폈다 접었다

골짜기 숯굴에선
연기가 솔솔 피여 오른다

사실 요즘 사람들에겐 잘 알려지지 않은 원로 시인 최재형, 그도 그럴 것이 부산 피난 시절 박기원 시인과 『한화집』(2인 시집)을 낸 후 20여 년간 시를 쓰지 않다가 1983년부터 다시 시작 생활을 한 탓이리라.

근작 시집 『내 인생의 계절』의 '자서'에서 말했듯이 "이 세상에서 제 궤도를 찾아 산 사람이 과연 있을까, 그런 뜻에서 나는 어쩌다가 시를 쓰게 됐는지 모른다. 이 노릇을 앞으로도 계속할 것인지, 자신이 가지 않는다."

그의 시는 어둡고 절망적인 부분이 많다. 아마도 암울한 시대를 거쳐 온 노시인의 아픔이 있기 때문이리라. 그는 말한다.

"요즘 시들은 기교는 있을지 모르지만 참 자기 목소리를 찾아야 한다."라고.

그는 진정 시에 대해 철저하게 거짓됨이 없는 시인이다.

진실만을 말하는 시인─.

이 시대가 요구하는 진정한 시인상이 아닐는지……

산을 사랑하는 시인

− 장호 시인과 함께

등산이란 본디 길이 끝난 데서부터 시작된다는 말이 있다

시가 그렇다. 시란 일상의 언어가 끝난 언저리에서부터 입을
연다.

1955. 3. 21. 장호

며칠째 봄 앓이가 심하다. 거리엔 황사현상으로 눈을 뜨기
힘든가 하면 속속들이 파고드는 꽃샘바람은 온통 감기로 들끓
게 한다. 봄을 낳기 위한 진통이 십자가처럼 널려 있다.

혜화동 로터리 시인의 마을—

지난해부터 이곳 혜화동 시인의 마을엔 가족이 늘었다. 혜
화동엔 오래전부터 조병화 선생님이 살고 계신다. 그리고 그
곳에서 살지는 않지만 거의 매일 모이는 시인들이 있다.

이층 아담한 찻집 보헤미안. 이곳은 황금찬, 윤강로, 송명진
시인을 비롯하여 몇몇 시인들이 하루도 거르지 않고 들르는

곳이다. 이곳에 새 식구 한 분이 바로 장호 시인. 지난해 혜화
동 로터리 아파트로 이사 오셔서 보헤미안 시인의 마을에 합
류하셨다. 본명은 김장호. 동국대학교 문과를 졸업하신 후 줄
곧 교단에 계시다 정년퇴임하신 시인 교수.

처음 뵙기엔 좀 엄격하신 인상을 가지셨다. 그러나 몇 마디
대화가 오간 후엔 얼마나 선생님이 따뜻하시고 서민적인가를
알게 된다.

산을 사랑하는 시인, 또한 전문 등산인이시다. 웬만큼 이름
난 나라 안팎의 산을 등반하심은 물론이요, 나라 안팎 100여
곳 산의 이름과 높이, 그리고 산세까지 모두 외고 계신다. 지
금도 일주일에 한 번씩은 꼭 산을 오르신다. 산을 오를 때엔
다른 사람들과는 달리 길을 따라 오르는 것이 아니라, 길을 만
들며 다니신다. 산을 오르는 것이 아니라 누빈다는 표현이 옳
을 것 같다. 그래서인지 무척 건강해 보이셨다. 시인은 6·25
직후 《신생공론》이란 잡지에 「하수도의 생리」를 발표해 등단
하셨다. 중학 시절부터 무척 문학을 좋아하여 중학교 3년 때
엔 세계문학 전집을 완전 탐독하였다.

일제강점기 땐 징용에 끌려가 수영 비행장에서 노무자들과
노동을 하셨다. 그 당시엔 전국에서 끌려온 노무자들이 명절
에도 집에 돌아갈 수 없는 처지에 있을 때 희곡을 써 연출까지
하시며 그들에게 연극을 시켜 위로한 일도 있다. 제목은 「고
향 없는 사람들」. 많은 사람들이 이 연극으로 위로를 받고 눈

물을 흘렸다. 그 후 많은 시극을 썼고 연극도 하셨다. 혜화전
문학교를 졸업한 후 동국대학에 입학하신 후로는 학문에만 몰
두하였다. 그 후 동래문학회에 가입하게 되었고, 각종 시 낭독
회에 참가하게 된 후로부터 시로 방향을 돌렸다. 현재 8권의
시집, 4권의 에세이집을 비롯하여 시극, 그리고 번역서, 평론
집 등 많은 작품을 탄생시켰다.

앞으로 시의 방향은 시인의 주정, 주체가 확실한 문체의 시
들이 나오리라 믿는다고 말씀하신다. 그리고 시란 "일상의 언
어가 끝난 언저리에서부터 입을 연다." 고 시를 사랑하는 이
들에게 말씀을 주셨다.

이제 와서 아느니, 그렇지
사람이 하늘을 날지 않는 것은
날개가 없어서가 아니라
땅 아래 이 길을 즐기라는 것이다

— 시 「산길에서」 중에서

무릎을 끓고 고요히 앉아 있는 것

– 피천득 선생님을 만나고

올해로 86세가 되신 금아 피천득.

수필이 무엇인가를 우리에게 가장 잘 밝혀 주었을 뿐 아니라 수필 문학의 진수를 보여주신 분이시다.

수필가 피천득. 많은 사람들에겐 수필가의 대명사처럼 알려지셨지만 실은 아름다운 시로써 우리의 정신세계를 풍요롭게 하신 분이시다.

그는 서울에서 태어나 어린 나이로(7세, 10세) 부모님을 여의었지만 당시 수재들만 입학할 수 있다는 제일고보에 합격해 수학했을 정도로 수재이셨다.

중국의 호강대학교에서 영문학을 전공하셨고, 대학에서 교수직을 정년까지 하셨다.

그는 14세 때 춘원 이광수를 만나 그의 문학적 영향을 많이 받으면서 문학의 길을 걸었다. 그것이 인연이 되어 학창 시절 윤호영과 같이 등사판 잡지 《첫걸음》을 발행하기도 했다.

그 후 1930년 종합 문예지 《신동아》에 「파이프」가 뽑혀 문단에 등단했다.

최초의 시집으로 『서정시집』이 1947년에, 그리고 대표 문집으로는 『금아 문선』『금아 시선』이 발간되었다.

그의 시는 수필 못지않게 아름답다. 그에게 시와 수필의 차이점을 물었다

그는 이렇게 대답했다. "시는 다만 농도가 짙은 것이고, 수필은 용해된 것으로 부피가 좀 있을 뿐이다." 라고 하셨다.

그것을 증명하는 일화가 있다. 그가 처음 천주교에서 영세를 받기 전 6개월간의 학습 기간이 필요한데 신부님이 그의 수필 「기도」를 읽으신 후 학습도 없이 곧 바로 영세를 주셨다 한다.

정녕 그의 수필은 시다. 아름답고 간결하여 우리 마음밭에, 또 영혼에 장미꽃을 피우게 하고 맑은 시냇물이 흐르게 한다.

무릎을 꿇고 고요히 앉아 있는 것도 기도입니다. 말로 표현을 하든 아니하든 간절한 소망이 있으면 그것이 기도입니다.

―「기도」 중에서

오늘의 그의 기도는 무엇일까?

"외롭다는 말이 싫지만 그렇게 살 수밖에 없다"는 그의 말 한마디가 긴 여운으로 귓가를 떠나지 못함은 무슨 연유일까?

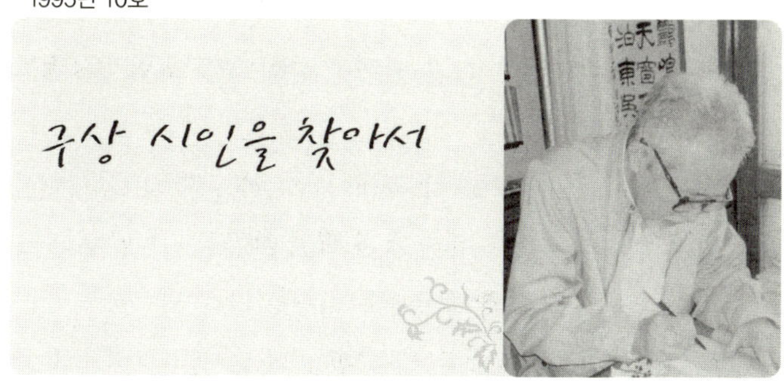

구상 시인을 찾아서

오늘서부터 영원을 살자

— 을해년 가을. 구상.

명상의 시인 구상.

"오직 보이지 않는 손이 이끌고 있음을 나는 믿는다." 라고 확고한 신앙 속에 사시는 분.

몇 개월 전 미국에 있는 자녀를 만나기 위해 가셨다가 헛디 며 발을 다치셨다. 뼈가 3개나 부러지는 중상이다. 다행히 지금은 지팡이를 갖고 걸으실 수 있어 얼마나 다행한 일인지 모르겠다.

그의 서가 '관수재'를 찾던 날은 비가 올 듯 하늘이 낮게 내려와 있었다(결국 오후에 비가 내렸다). 언제나 맑고 인자한 표정은 찾아오는 이에게 따뜻함을 전해 주고 있었다. 귀공자 같은 풍모에 어린아이 장난기 같은 조크가 친근감을 더해 준다.

20여 평의 서재는 온통 책과 그림, 그리고 도자기들로 채워져 있었다. 베란다에는 작고 귀여운 금화조가 방문객을 반갑게 맞아 주었다.

구상. 그는 독일계 가톨릭 베네딕트 수도원의 교육 사업을 위촉받은 아버지로부터 종교적 영향을 받았고, 글과 붓이 능한 어머니로부터 문학적 감성을 이어 받았다.

그래서 그는 어려서부터 『천자문』『동몽선습』『명심보감』 등 한문의 기초 과정은 물론이요, 고시조와 조선의 평민 소설을 비롯해 신소설에 이르기까지 두루 접할 수 있었다.

그는 초등학교 때 작문 시간은 문제가 없었다. 다만 그의 글로 인해 선생님과 아이들에게 웃음바다를 만들어 놓곤 했었다.

그는 자신이 갖는 공상이나 의문을 쉽게 현실화하여 천진하게 썼기 때문이다. "잠자리는 날 때부터 안경을 썼구나", "염소의 뱃속엔 기계장치가 있어 그 똥이 검정콩알처럼 동글동글하게 되어 나온다."는 둥 그는 이렇게 사물에 대한 생각이나 느낌에 독자적 진실을 갖고 있었다.

"『응향』필화 사건을 알고 싶습니다." 라고 질문을 드렸다.

그는 원산여자사범대학교에 교편을 잡고 있을 당시 『응향』이라는 해방기념시집(표지 그림 이중섭)에 여러 사람과 함께 「길」「여명도」「밤」이란 시를 게재한 것이 문제가 되었다.

이 작품엔 북조선 현실에 대한 회의적, 공상적, 퇴폐적, 절망적, 반동적 내용을 담고 있다는 것과, 구상은 출신 성분이나

행동이 반동적이란 것이었다. 이로 인해 여러 번 무서운 고초를 당했고, 사선을 기적적으로 넘어 북한을 탈출하게 되었다.

　-과연 시란 어떻게 써야 될까?

　요즘 시들은 무정란과 같은 시가 많다. 진실이 수반되지 않는 글, 표현에만 치우쳐 있다. 시란 말의 치레나 놀이가 아니다.

　시의 감동은 차치하고라도 표현이나 내용을 모를 시가 많다. 이것이 우리의 병폐다. 시는 감각이나 감성만으론 아무 의미가 없는 것이다. 그 속에 존재론적 인식을 가져야 하는 것이다.

　근황

　　모과나무가 모과나무가 된
　　까닭을 모르듯이
　　나 역시 왜 시인이 되었는지를
　　스스로도 모른다.

— 시 「근황」 중에서

박태진 선생님을 찾아서

푸른 잎들을 살랑이며 혜화동 로터리를 오가는 무수한 사람들을 반기던 잎들도 이제 메마른 보도 위에 덮여 있다.

날개를 빼앗긴 새들처럼-

그 위에 첫눈이 날리던 날, 찻집 보헤미안의 유리창이 파랗게 질려 움츠린 손님들을 맞고 있었다.

여느 때처럼 좀 여윈 듯한 모습에 베레모를 쓰시고 박태진 선생님이 작은 나무 문을 밀고 들어오셨다. 그는 1921년 평양에서 태어났고 평양고를 다닌 뒤 일본 립교대학 문학부 영문과를 다니다 8 · 15 해방 후 서울로 오셨다.

영문학을 전공했으나 프랑스어에 매료되어 프랑스 시를 무척 사랑하셨다.

서울에서 이화여고에서 교편을 잡으시는 동안 박목월 시인을 만나 본격적인 시작 생활에 몰입하게 되었다.

얼마간 개인회사에 다닐 때엔 잠시 문학과는 거리가 생겼지

만 문학에 대한 열정은 꺼지지 않았다.

그는 1948년 「신개지」란 시를 《연합신문》에 발표하고 정식 문단에 오르게 되었다. 또한 박인환, 박목월 시인들과의 두터운 교분을 갖게 되었다.

그 후 1961년 『변모』라는 첫 시집을 내었다.

간혹 "박태진은 한국적이 아니다"라는 말을 듣지만 그것은 외국 작품의 영향을 많이 받은 탓이라 할 것이다. 그는 《신시학》에 미국 시인론을 게재함으로써 우리나라에서 비로소 영상시(IMAGE)에 대해 말하게 되었다.

그리고 미군을 통해 외국 작품을 접하게 됨으로써 국내 문인들에게 새로운 외국 문학의 세계를 알려주는 역할도 하게 되었다.

1995년 올해엔 1945년 이후의 영·미·불 시선의 번역 시집이 나와 있다. 앞으로 곧 출간될 시집 『시대는 가고, 다시

가고』가 독자들을 기다리고 있다.

"오늘의 시에 대해 하실 말씀은 없으신지요?" 하는 질문에 "21세기의 시는 우리 시인들이 모두 다시 한 번 생각해야 할 것이다. 다시 말해 힘 있는 시 언어 구사에 새로움이 있어야 할 것이다. 이미지의 세계는 새로운 것과 자꾸 부딪쳐야 된다. 새로운 가능성을 갖는 시의 세계가 21세기에 필요하다."고 말씀하시며 선생님은 "앞으로의 작품은 어느 것이 한국적 리듬인가에 대해 쓰고 싶다"며 따뜻한 커피 잔에 잔잔한 웃음을 던지셨다.

김광식 선생님을 찾아서

　이번 호에는 소설가이신 청암 김광식 선생님을 만났다. 훤칠한 키에 아직도 어린아이와 같은 순수의 미소가 따사로웠다.

　어느 날 아침 화장기 없는 얼굴이 한순간 눈부시듯이 봄이 빛나는 얼굴로 마주 오고 있다.

　이 시대를 살아가고 있는 중·장년기의 사람들 모두가 겪었던 가난과 전쟁의 고통이 아직도 많은 이들에게 상처로 남아 있다. 물질의 풍요로움 속에 살고 있으면서도 그 아픔을 하나의 그리움처럼 가슴에 담고 살아가고 있는 이들. 청암 역시 예외일 수는 없었다. 그런 가운데서도 그는 부모님의 뜨거운 교육열로 선천에서 중학교에 다닐 수 있는 행운아였다.

　그는 중학교에 입학하여 선생님으로부터 일기 쓰기 약속을 한 후로 글쓰기와 소설 읽기에 깊이 빠지게 되었다. 방과 후면 으레 도서관에 들어가 춘원 이광수의 소설을 탐독하였다.

처음 만났던 소설은 이광수의「무정」이였다. 그 후「인생」「흙」「재생」등은 물론이요, 김동환의「국경의 밤」등의 시에 심취하게 되었다.

당시《조선일보》와《동아일보》에서 학생 작품을 공모하여 실었던 문예란이 있어 여러 번 응모했으나 뽑히지 않아 좌절감으로 상처를 받기도 했었다.

그 후 일본에 건너가 일본 메이지대학 문학과에 입학하게 되었다.

부모님께선 상과에 들어가라 하셨지만 자연이 주는 이미지가 강렬하게 남아 있어 문과에 입학하게 되었다. 졸업 후 곧바로 학병으로 끌려가게 되자 혼자 만주로 탈출하여 해방되기까지 그곳에서 지냈다.

해방이 되자 서울로 돌아와 서울고교에서 교편생활을 하면서 황순원, 장만영, 서정주, 조병화 등을 만나 문학에 대한 열망의 문을 다시 열게 되었다.

이것이 계기가 되어 1954년에《사상계》에 단편「환상곡」을 발표하여 문단에 등단하게 되었다.

그 후 「아름다운 오해」「식민지」「진공지대」 등 많은 작품을 쓰셨다.

그는 음악에도 조예가 깊어 CD 800여 장을 소장하고 있다 한다.

잠잘 시간, 외출하는 시간을 뺀 모든 시간은 음악과 함께 하고 있다고 하신다.

요즘은 실록 소설인 '한국개신교사' 「빛과 자유」를 주일 신문에 연재하고 있다.

금년 말엔 상·하권으로 완성된 책이 나올 것 같다.

환희로 다가올 「빛과 자유」를 기다리면서…….

김종길 시인을 찾아서

녹음이 짙은 색을 더해 가는 유월 중순.

유난히 햇살이 투명한 날. 수유리 맑은 물소리와 풀 냄새가 향긋한 산자락에서 선생님을 뵈었다. 그는 시에서도 절제된 품격을 보이시지만 외모에서도 좀은 엄격한 인상을 풍기신다. 허나 실은 대화를 시작하시면 다감하시며 달변이시다. 이것은 오랜 삶 동안 교수직을 하셨기 때문이 아닐까?

김종길 시인.

그는 태어날 때부터 한학을 하시는 철저한 양반의 선비 집안이었다. 외가 편에도 문학을 하시는 집안이었기 때문에 성장 환경이 자연스럽게 학문과 문학으로 자라게 했다.

그가 초등학교 다닐 때 "너는 자라서 어떤 사람이 되겠느냐."하는 질문에 "저는 소설가가 되겠습니다."고 서슴없이 대답한 것은 초등학교 2학년 때쯤의 일이었다. 그는 그만큼 문학에 대한 관심을 가졌고 또한 좋아했다.

그는 '시학동인' 활동을 했던 외삼촌 이병각 시인의 많은 영향으로 대구사범대학교 시절부터 선배들과 문학 동인 활동을 하면서 동인지 《은하대》를 발간했었다(2회 정도). 또한 그는 1946년 봄 윤석중 선생님이 주간으로 계시던 《주간 수학생》의 동요·동시 현상모집에 응모하여 동시 「바다로 간 나비」가 당선되기도 하였다.

1947년 《경향신문》 신춘문예에 「문」으로 당선되어 등단하기 이전부터 그는 박두진, 조지훈 시인들과 교분이 있었다.

1946년 6월 20일 '청년문학가협회'가 주관한 문학의 밤 행사에도 학생 신분으로 유일하게 참가하여 자작시도 낭송했었다.

1945~1947년까지가 그에게 가장 왕성한 시작 기간이었다 한다.

1955년 《현대문학》에 발표된 「성탄제」는 많은 사람들이 등단 작품이라고 생각할 정도로 선생님의 대표 작품으로 알려져 있다.

"요즘 시의 인구가 늘어나고 시인이 대량으로 배출되는 일을 어떻게 생각을 하시는지요."라는 질문에 그는, "시에 관심이 많다는 것은 좋은 일이다. 시인이 우리나라만큼 많은 나라도 드물다. 조선시대에도 많은 사람들이 한시를 생활화해 왔고, 그것이 아마 요즘 시가 교양의 척도가 되는 시기가 된 것 같다. 좋은 시란 동서양을 막론하고 드물다. 최소한 남이 귀 기울여 줄 만한 가치가 있는 시를 쓰는 시인이 많이 나왔으면 좋겠다."는 말씀으로 답을 하신다.

지금도 고려대학교 대학원에서 후진 양성을 위해 애쓰시는 선생님의 건강한 모습이 창연한 하늘의 빛살에 눈부시다.

성탄제

어두운 방안엔
빠알간 숯불이 피고,

외로이 늙으신 할머니가
애처로이 잦아드는 어린 목숨을 지키고 계시었다.

이윽고 눈 속을
아버지가 약을 가지고 돌아오시었다.

아 아버지가 눈을 헤치고 따오신

그 붉은 산수유 열매

나는 한 마리 어린 짐승,

젊은 아버지의 서느런 옷자락에

열로 상기한 볼을 말없이 부비는 것이었다.

이따금 뒷문을 눈이 치고 있었다.

그날 밤이 어쩌면 성탄제의 밤이었을지도 모른다.

어느새 나도

그때의 아버지만큼 나이를 먹었다.

옛 것이라곤 찾아볼 길 없는

성탄제 가까운 도시에는

이제 반가운 그 옛날의 것이 내리는데,

서러운 서른 살 나의 이마에

불현듯 아버지의 서느런 옷자락을 느끼는 것은,

눈 속에 따오신 산수유 붉은 알알이

아직도 내 혈액 속에 녹아 흐르는 까닭일까.

김시철 시인을 찾아서

대추알이 붉게 물들어 가는 하루.

하늘은 어제보다 푸르러 있었다. 늘 자유롭게 넘겨진 머리 모양이 편안함을 갖게 하는 김시철 시인을 만났다. 처절하리만큼 온몸에 아픔이 고여 있다.

부인께서 병원에 입원 중이셨다.

함북 성진에서 출생한 김 시인은 어려서부터 글 읽기를 좋아했다.

보통학교 4학년 무렵 그는 일어로 된 세계문학 전집을 탐독했고, 특히『장발장』은 눈물을 흘리면서 밤을 새워 읽었다.

그는 작문, 미술, 웅변에 월등한 소질을 갖고 있었으며, 학교 게시판에는 언제나 그의 그림이 걸려 있을 정도였다.

그는 청년 시절엔 희곡(아동극)을 썼으나 곧 6·25로 인해 부산으로 피난하게 되자 가계를 꾸려 나가기 위해 부두 노동

등 닥치는 대로 노동을 했다. 그런 가운데서도 문학 서적은 늘 가까이 했고, 특히 손동인 시인의 「누나의 무덤가에서」라는 시가 《문예》에 실리자 감명을 받아 그때부터 시를 쓰기로 마음먹고 습작을 시작했다.

해군 정훈감실에서 발간된 《해군》지를 비롯하여 《국도신문》에 연작시 10여 편을 연재했다. 이것으로 그는 시인의 길을 걷게 되었다.

그 후 그는 《개척》이란 잡지의 기자 활동을 계기로《자유문학》편집장을 지내면서 전봉건 시인을 비롯하여 많은 문인들을 만났고 《출판문화》지의 창간을 맡게 되었다.

그의 시집으로는 『금붕어가 간호하는 병실』 『친구의 눈물』등 6권이 있고 낚시 수상집 『물가의 인생』등 4권이 있다.

현재 국제펜클럽 한국 본부 회장직을 맡아 바쁜 나날을 보내고 계신다.

하루 빨리 부인께서 쾌유되기를 기원하면서 그의 시 한 편
을 소개한다.

산다는 것은 10
─당신에게

이 세상에서
제일로 좋다는 모든 것을
모조리
주고도
모잘라서 모잘라서
어쩔 줄 몰라 하는
나는 당신에게 그것이고 싶다

박희진 시인을 찾아서

박희진 시인 집 서창 밖엔 늘 그 자리에 북한산이 서 있다.

또한 불과 10분이면 그 품안의 숲 속으로 들어갈 수 있고 오후엔 산책 삼아 능선을 타는 것이 일과이기도 하신 시인 박희진.

이곳에서 인생의 노년기를 누리게 된 건 단순한 우연이라 생각지 않고 신이 인도해 준 것이라 믿고 싶다는 자연 그대로의 순수 인간 박희진 시인. 일찍이 시 낭송에 깊은 관심과 그 일에 열심이신 선생님을 뵙고 나 자신도 작은 흥분에 휩싸이게 되었다.

1965년부터 시 낭송을 명동 카페에서 시작하여 지금 (바탕골)까지 일관하고 계시다. 좋은 시와 아늑한 공간. 공감하는 관객이 하나가 되어 시의 세계에 빠질 수 있다면 얼마나 아름다울까?

6년제 중학 시절부터 많은 문학작품을 탐독했고 문학이 자

신의 구원자라고 믿고 있었다 한다. 수줍음과 외로움을 잘 타던 문학소년. 그는 폴 발레리, 클로텔, 랭보 등의 작품과 정지용, 윤동주, 서정주 등의 작품은 줄줄 외우며 다녔던 작은 시인이었다.

박희진 시인. 그가 매우 애착을 갖고 평생에 걸쳐서 갈고 닦아 온 4행시. 모두 300여 편이 넘는 작품들은 그에게 4행시 시인이란 이름을 달게 했다. 이들 작품 속에서 보여주고 있는 시상의 깊이와 묘미. 그리고 긴 여운을 풍기는 시어와 형식미는 족히 그만의 세계를 열어 보여 주고 있다.

그가 소년기를 지난 후 불사에 대한 심미감에 빠져 전쟁 후 불교 서적을 탐독했고, 관세음보살상과의 만남에서 모든 근원적 문제를 해결 받았다고 한다. 또한 그의 시의 주제가 되는 것은 인사(인간관계의 모든 것 즉 사회, 역사, 환경 등)였고, 이제 그는 자연으로 돌아왔다.

자연 역시 인사의 범주라고 말하는 시인.

天地人 三才가 균형 감각을 유지해 갈 때 진정한 삶을 누릴

수 있다고 역설하고 있다.

앞으로 그는 우리나라 전국의 사찰을 순회하며 그것을 시로 표현해 나가고자 한다고 말한다.

제 14시집 『연꽃 속의 부처님』(1993년)을 비롯하여 많은 작품으로 독자들에게 감명을 주고 있는 참 시인. 그의 시향이 늘 현대를 함께 살아가는 모든 사람들에게 넘쳐나기를 바라는 마음이다.

북한산 진달래

저 벼랑 한 무더기 불 밝힌 진달래 보소
저녁 햇살 받고 진달래 꽃 속 분홍빛 초에
일제히 불이 환히 켜진 거요. 지상에서는
가장 순수하고 투명한 불이, 옛날 신라의
순박한 노인이 수로 부인에게 바치기 위해
벼랑에 올라가 꺾었던 꽃도 꼭 저러 하였으니

―「북한산 진달래」 중에서

어효선 동요 시인을 찾아서

겨울이 채 가시지 않은 탓으로 나무들의 눈트임이 보일 듯 말 듯하다.

하지만 거리는 온통 봄기운으로 출렁이고 도시의 크고 작은 건물 사이로 넘어오는 바람은 한결 포근하게 안겨 오고 있다. 대지는 힘살 돋는 소리로 가득한 소리로 미루어 정녕 봄이 왔다.

봄은 으레 꽃밭에서부터 오기 마련이다.

부지런히 주부들은 벌써부터 아파트의 베란다에 색색의 꽃을 장식하고 있다.

우리가 어렸을 때부터 지금까지 부르고 있는 동요 「꽃밭에서」의 작가 어효선 동요 시인을 뵙게 되었다. 처음 뵙는 순간 어쩌면 저렇게 동안의 얼굴을 하고 계실까 놀라지 않을 수 없었다.

그는 1925년 서울에서 출생하여 교동초등학교를 거쳐 오랫

동안 초·중·고등학교 교편생활을 하셨다. 그 후 지금까지 25년 동안 교학사에서 일하고 계신다.

어린아이와 같은 맑은 웃음과 곱게 진 주름 사이로 동심의 천진함이 그대로 담겨져 있었다.

그의 동요는 어린이들의 고운 시심과 꿈을 심어 주는 데 커다란 영향을 주었다. 그리고 우리 민족에겐 슬픔을 달래 주는 위안의 약수가 되기도 했다.

6·25를 전후하여 지어진 그의 대표 작품들은 국민 전체의 노래가 되었던 것이다.

「꽃밭에서」「과꽃」「파란 마음 하얀 마음」등 많은 노래들은 47년 동안 지금까지 불리고 있다. 이 노래는 이 땅에 어린이가 있는 한 영원히 불릴 것이다.

그는 1949년 '대한민국 수립 기념' 동시 현상 모집에 「어린이의 노래」가 당선 되었고, 아동잡지 월간 《소년》에 동시 「봄

날」이 당선되어 아동작가로서 등단하게 되었다.

그 후 1961년 동요 시집 『봄 오는 소리』를 출간한 후 『인형 아기잠』 『아기 숟가락』 『고 조끄만 꽃씨 속에』 등을 출간하였다. 그는 늘 정리하는 생활로 욕심 버리기, 감사하는 마음으로 생을 살아가고 계신다고 했다.

그의 작품 「꽃밭에서」를 다시 한 번 음미해 본다.

꽃밭에서

아빠하고 나하고 만든 꽃밭에
봉숭아도 채송화도 한창입니다
아빠가 매어 놓은 새끼줄 따라
나팔꽃도 어울리게 피었습니다

애들하고 재미있게 뛰어 놀다가
아빠 생각나서 꽃을 땁니다
아빠는 꽃처럼 살자고 했죠
날 보고 꽃같이 살라고 했죠

박화목 시인을 찾아서

유치원에서부터 성인에 이르기까지 즐겨 애창되는 노래의 주인공. 그의 노래는 「꽃밭에는 꽃들이 모여 살아요」「보리밭」「과수원 길」 등 영원한 민족의 노래로 살아 불리고 있다.

지금까지 100여 곡의 가곡이 우리들의 마음속에 아름다운 꿈과 정서를 가꾸어 주고 있다.

그는 어린 시절 기독교 가정에서 자라면서 주일학교를 통해 동시를 접했고, 그 후 《아이생활》이란 잡지를 읽고 동시를 쓰기 시작하여 「겨울밤」(1939), 「피라미드」(1941)가 추천되면서부터 16세의 나이에 문단에 등단하여 활동하게 되었다.

그는 1942년 만주로 떠나게 되었는데, 그 이유는 1941년 12월 태평양전쟁이 일어나고 일제의 우리말 말살 정책이 극대화되었기 때문에 우리말로 쓰인 작품을 발표한다는 것은 거의 불가능한 일이었기 때문이다. 그는 만주에 가서 영어와 문학 이론을 공부하게 되었고 《동원》이란 동인지에 참여하게 되었으며 거기서 임인수 씨와 인연을 갖게 되었다.

《동원》은 당시 임인수 씨가 일제의 철저한 감시 속에서 문학작품을 등사체로 만든 회람지 형태의 문학 회지였다.

그는 문학 공부를 하는 동안 안서 김억 선생을 만나 교분을 갖게 되어 그 후 서울방송국 문예 담당 프로듀서로 일하게 되면서 문학의 영역을 넓히게 되었다. 방송국 재직 시절 작곡가 윤용하 씨를 만나 그 유명한 「보리밭」에 곡을 붙여 보리밭 작가로 불리게까지 되었다.

「보리밭」역시 어린 시절의 정서적 체험을 바탕으로 만들어졌는데, 본래는 '옛 생각' 이란 제목이었다.

어린 날 마을 어귀 들어서면 보리밭이 늘어진 산자락을 타고 들판마다 눈에 차는 데까지 바다처럼 물결쳐 이어지던 향수 어린 그 정경은 전쟁의 소용돌이 속에서 신음하던 그에게 꿈에서나마 다시 찾고픈 이상의 세계였기 때문이다. 이것을 윤용하 선생은 「보리밭」이란 제목으로 붙이자고 해서 고쳤으며 1953년 12월 서울 중구 정동 배재중학교 강당에서 '새로 지은 우리 노래의 밤' 에 처음으로 발표되어 오늘날까지 애창되는 노래가 되었던 것이다. 그는 이제 69세. 아직도 세월의 흔적들이 무색하리만치 맑은 웃음을 간직한 영원한 미소년이다.

아직도 소망이 있다면 작품다운 작품을 쓰고 싶은 것이라며, 잔잔한 미소 속에 소망을 담는다.

보리밭

보리밭 사잇길로 걸어가면

뉘 부르는 소리 있어

나는 멈춘다

옛 생각이 외로워 휘파람을 불면

고운 노래 귓가에 들려온다

돌아보면 아무도 뵈이지 않고

저녁노을 빈 하늘만 눈에 차누나.

이생진 시인을 찾아서

"나는 시를 찾기 위해 바다로 간다. 아니 시를 채취하기 위해 가는 것이다." 라고 말한 바다의 시인.

"섬과 바다엔 언제나 내가 꿈꾸던 상상의 모든 것들이 현실로 펼쳐진다." 라고 말한 바다의 시인. 아니 영원한 섬 사랑의 시인 이생진.

"삶은 한 폭의 그림을 그리는 것이다. 이 그림이 가장 선명하게 부각되는 곳이 섬이기에 나는 그곳을 찾는다." 고 그는 말하고 있다.

짙은 눈썹에 먼 수평선 같은 눈을 가진 그를 보헤미안 찻집에서 만났다.

그와 마주앉아 바다와 섬의 아름다움을 이야기하다 보니 어느새 그는 섬이 되어 있었다.

나도 덩달아 섬인양 바다에 손을 담그고 있었다. 섬에선 거

대한 오케스트라를 들을 수 있고 조개들과 얘기를 한다.

혼과 육이 없는 빈 조개껍데기에 자신을 담는다. 새로운 감
각, 세계, 생명, 이미지를 만나기 위해 섬에 살고 싶다고 하는
그는 잠시 동안에도 섬을 가슴에 품고 즐거워한다.

충남 서산에서 태어난 그는 바다와 섬을 품에 안고 유년기,
청년기를 그곳에서 보냈다. 1955년 첫 시집『산토끼』를 발간한
후 1969년《현대문학》에 작품「고요한 전갈」외 2편이 추천되
었다. 그는 지금까지 19권의 시집과 1권의 산문집을 펴냈다.

오랜 교직 생활을 마친 후 더 자유롭게 섬들을 찾아 나선다.
전국 약 3,700여 개의 섬들 중 1,000여 개의 섬들을 섭렵했다
하니 가히 섬 시인이 아닐 수 없다. 그만큼 그는 섬을 사랑했
고 섬에서 생의 모든 것을 발견하고 있는 것이다.

그의 시 중에서 이런 구절이 있다.

"내게 바다를 선물하는 여인은 없을까?"

분명 그는 바다를 선물할 여인을 찾았으리라 생각된다. 왜냐하면 그곳엔 세상의 모든 것이 있기 때문이다.

커피 특유의 향을 음미하면서 그는 또 이렇게 말한다.
"섬에 가면 너무나 아름다운 곳이 많아 금방이라도 하늘에서 선녀가 내려올 것 같아 가슴이 두근거린다."고 한다. 선녀가 내려오면 어떻게 할까? 그녀의 옷을 어디다 감출까? 마치 전래 동화 속의 주인공이 실제 현실에서 나타날 것만 같다고 한다.
동화 속의 주인공. 정녕 그는 깊고 깊은 산 속에 전혀 세상과 무관한 천진무구한 나무꾼 같아 보였다.

시인의 날개
―마라도 10

조물주가 시인을 만들었다면
시인의 언어에만 날개를 달지 말고
시인의 양쪽 죽지에도
날개를 달아 줄 일이지
그땐 새가 되고 싶다는 말을 하지 않겠는데
섬에 오면 정말 날개를 달고 싶다.

김후란 시인을 찾아서

우리 글 한글

보라 우리는
우리의 넋이 담긴
도타운 글자를 가졌다.

역사의 물결 위에
나의 가슴에
너는 이렇듯 살아 꿈틀거려
꺼지지 않는 불길로 살고 영원히 살아남는다.

— 시 「서시」(『세종대왕』) 중에서

며칠째 겨울 날씨답지 않게 영상의 기온이 유지되고 있다. 그러나 IMF의 경제 위기 속에서 사람들의 마음은 꽁꽁 얼어붙었고 거리는 활기를 잃어 가고 있다.

우리는 지금 무엇을 어떻게 해야 할 것인가?

이럴 때 한 편의 아름다운 시가 위로의 약수가 될 수는 없을까?

우선 외모에서 풍기는 우아함과 중후함이 우리에게 넉넉함을 안겨 주는 김후란 시인을 만났다.

얼마 전 장편 서사시 『세종대왕』으로 더욱 큰 모습을 보이는 시인 김후란.

1954년 《경향신문》에 단편소설 「고아」로 문단 활동을 시작했다. 그는 이미 부산사범학교에서 교지에 시, 수필 등을 발표했을 뿐만 아니라 교내 백일장에서 장원을 차지하는 재원이었다.

여학교 때부터 글쓰기를 좋아했던 그는 그 후 서울대학교 사범대학에서 수학하는 동안에도 많은 문학작품을 발표했다.

1959년 《현대문학》에 시 「오늘을 위한 노래」가 추천되어 시인이 되었다.

그는 20여 년간 언론기관에 몸담고 일해 왔다. 그러나 그동안에도 그의 작품 활동은 활발했으며 특히 《한국일보》 문화부

기자로 일할 때 신석초 시인을 만나면서 더욱 무게 있는 시작 활동을 하게 되었다.

신석초 시인은 김후란의 작품을 아꼈다. 그리고 그의 본명이었던 '김형덕'을 '金后蘭'이란 이름으로 바꿔 주었다. 허난설헌 이후의 으뜸 되는 시인이 되라고 김후란이라 했다.

그의 작품에서 그는 언제나 정제된 부드러움과 단아함을 느끼게 한다. 그러기에 정신적 깊이와 넓이가 내재해 있다.

어느 시인은 그를 이렇게 말했다.

"김후란의 시는 범상한 존재가 어떻게 해서 드높은 가치로 승화되며 드높은 가치는 어떻게 존재해야 하는가에 대한 성찰에서 출발한다. 모진 자기 시련과 단련이 그의 지향을 높은 가치로 끌어올린다. 이런 정신적 단련은 부드럽고 우아한 그의 시 속에 공고한 중심을 형성하고 있다."고 했다.

1997년 세종대왕 탄신 600돌을 기념하여 펴낸 장편 서사시 『세종대왕』에서는 참고문헌만 8권이나 되었다. 이 작품을 통해 김후란의 작품 세계를 더 깊게 하고 있지 않을까?

제1부 초장은 "어질고 현명한 임금 나시리"로 세종의 탄생이 갖는 깊은 뜻을 새기고 그의 업적을 기린 총체적 일대기다.

제2부 중장은 "예로써 큰 별을 세우시다"로 제4대 임금으로 즉위하신 세종의 선각된 의지와 고매한 인품으로 성취한 폭넓은 치적을 담았다.

제3부 종장은 "한글, 그 빛나는 창제"에서 세종대왕의 위업 중 가장 위대한 훈민정음 창제의 높은 정신을 기리는 시로써 대단원을 맺었다. 그녀 자신이 말했듯이 "문학 활동 40여 년간 이토록 많은 기간을 바쳐 몰입하여 쓸 수 있었던 경험을 소중히 여긴다." 고 할 만큼 역작이라 말하지 않을 수 없는 작품이다.

윤석중 선생님을 찾아서

버들피리 만들어
피리 불면
노래가 쏟아져
나오겠지요.

대한민국의 사람이라면 아마도 윤석중이란 이름 석 자를 모르는 사람은 없지 않을까?

이 땅에 약 75년 동안 푸른 꿈, 푸른 하늘을 만들어 오신 분.

영원한 이 나라 어린이들의 대부.

1911년 5월 서울에서 태어나 13살 되던 해에 《신소년》이란 잡지에 동요 「봄」, 그 이듬해 《어린이》에 동요「오뚜기」가 입선되면서부터 본격적인 작가 생활을 시작했다. 또한 그해 《동아일보》 신춘문예에 동화극 「올빼미의 눈」이 입선되기도 했다.

그는 가히 천부적인 동시인으로 어린이를 위한 작가라고 할
수 있다.

이제 미수를 맞으시는 선생님.

"나는 나보다 더 오래 살 수 있는 방법을 알아냈는데 그것
은 나보다 더 오래 살 수 있는 작품을 한 편이라도 남기는 일
이다. 그러기 위해서는 동심을 잃지 말아야 한다. 동심을 간직
함은 창창한 앞날을 내다보며 살기 위함이다." 라고 말씀하신
다.

며칠 전 봄비치고는 너무나 억센 비바람이 불던 날.

선생님을 뵈러 서울역 근처 대우 재단 빌딩으로 갔다. 조용
한 서재 같은 사무실에 선생님 혼자 계셨다.

잔잔한 미소, 맑고 고운 용안. 어쩜 저렇게 사람이 살아갈
수 있을까? 잠시 나를 잊고 생각에 젖었었다. 벽 사방에 걸려
있는 사진, 팸플릿, 그리고 고희 때 문인들의 사인을 모아 병
풍을 만들어 놓으신 것 등.

그중에 작고하신 분들이 많이 계시다며 쓸쓸히 웃으신다.
함께 한 황금찬 선생님과 정담을 나누시느라 우리의 방문 목
적도 잠시 잊었다.

1956년 1월 3일 《새싹회》를 창립한 이래 지금까지 《새싹회》
를 이끌어 오면서 늘 같은 마음으로 어린이를 사랑하는 진정
한 이 나라 어린이의 스승이자 어버이시다.

1978년 '막사이사이상 언론문학창작상' 을 수상하시면서

하신 말씀이 있다.

"어느 나라 시인이 말하기를 '어린이는 어른의 아버지' 라고 했습니다. 그러나 이 사람은 서슴없이 말합니다. '어린이는 어른의 스승' 이라고……. 그러므로 우리네 어른들은 어린 그네들을 가르치려고만 하지 말고 보다 더 많은 것을 배워야 할 줄 압니다. 우리는 어린이에게서 진실을 배워야겠습니다. 어른 세상은 위선과 거짓으로 가득 차 있기 때문입니다. 우리는 어린이에게서 아름다움을 배워야겠습니다. 어린이는 우리에게 진실과 착함과 아름다움을 가르쳐주는 믿음직스러운 마음의 스승입니다. 동심이란 무엇입니까? 인간의 본심입니다. 인간의 양심입니다. 시간과 공간을 초월해서 동물이나 나무나 돌하고도 자유자재로 이야기를 주고받으며 정을 나눌 수 있는 것이 동심입니다. 동심으로 돌아갑시다!"

임보 시인을 찾아서

우이동 시인 임보.

'우이동 시인들' 이란 언어가 이제는 고유명사로 못 박혀 버린 듯하다.

우이동에 사는 시인들이니까 '우이동 시인들' 이라 부르는 것은 당연한 일이 아니냐고 반문하는 사람도 있을지 모른다. 하지만 '우이동 시인들' 이란 이름은 이미 고정되어 불리고 있다.

임보를 비롯하여 이생진, 홍해리, 채희문 이들을 일컬어 우이동 시인들이라 부른다. 마치 특허가 난 것처럼……

이들은 1987년 우이동에 살면서 이곳을 사랑하며 시를 쓰는 사람으로 모였다.

처음엔 이들 이외에 민갑선 시인도 함께 했으나 그는 남미로 이민을 떠났기에 이들 네 사람이 모였다.

시인 임보. 그는 지금부터 30여 년 전 우이동 골짜기에 터를 잡은 후 줄곧 이곳을 떠나지 않고 있다.

　그는 1962년 《현대문학》을 통해 시 「자화상」 외 2편이 추천
되어 문단에 등단하였다.

　그가 문학에 뜻을 두게 된 것은 중학교 때 선생님의 영향이
컸다. 『부활』 『테스』 등 세계 명작들을 선생님 댁을 방문하게
되었을 때 접하게 되었고 시집 등도 선생님을 통해 읽게 되었
다. 그 뿐 아니라 그 당시 미혼이었던 선생님의 연애편지를 종
종 큰소리로 읽을 기회도 있어 그 후 아름다운 문장에 매료되
었고 또한 자신도 문장 훈련을 하게 되었다.

　고등학교 입학해서부터는 큰 도서실을 마치 자신의 서재처
럼 가까이 했고, 그곳에서 문학에 대한 큰 꿈도 갖게 되었다.
이것이 계기가 되어 법대를 지망하려던 것을 문과로 바꾸어
대학도 국문과에 입학하게 되었다. 이때부터 그에게 시는
영원한 반려자요, 또한 큰 산과 같은 무게로 항상 다가와 있
었다.

요즘 쓰시는 시의 경향은?

1. 세 번째 시집『목마의 일기』때는 '시의 리듬'에 관심을 갖고 율시를 연작으로 100편을 써『은수달 사냥』이란 시집으로 발표했었다. 독자들에게 능률적인 효과를 얻고자 했던 것이다.

2. 다음으로는 난해한 시가 좀더 독자와 친근해질 수 있도록 하기 위해 하나의 '이야기'로 전개하는 것을 시도해 보았다. 예를 들면 '설화 시' 등이다. 재미있고 쉬우면서 부담 없이 읽을 수 있는 구성에서 극적인 장면으로 전환한 것이다.

3. 설화 시의 연장선상에서 추구한 시로 '仙詩'가 있다. 한시 속에서 부분적으로 담겨 있기도 한 신선 사상이다.

요즘은 의도적으로 '仙詩'를 연작으로 쓰고 있는 중이다.

그의 仙詩集『구름 위의 다락 마을』중 한 편을 골라 보았다.

벌

중년의 한 사내가
큰 돌멩이를 등에 업고
느티나무 주위를 돌고 있다.
까닭을 물으니

간밤의 꿈에

천의 군마를 거느리고

강을 넘었다는 것이다

그것이 어떻느냐고 되물으니

마음이 때에 절어

아직도 더럽지 않느냐며

얼굴을 붉힌다.

허영자 시인을 만나서

시인 허영자.

초등학교 운동장 구석진 곳에 체중 미달인 영양실조 빼빼 마른 소녀가 혼자 앉아 있다.

뾰족한 얼굴에 머리칼은 노랗고 두 눈만 커다란 아이. 운동회 때 다른 아이들은 일등을 하려고 달렸지만 그 아이는 꼴찌를 면하려고 안간힘을 썼다.

이 어린 꼬마 소녀는 자라면서 점점 더 말이 없어지고 우울한 내성적 아이가 되어 갔다. 오직 책 읽는 일이 유일한 즐거움이요 안식이었다. 그래서 그 소녀는 책을 닥치는 대로 읽었고 늘 일기를 썼다. 마치 소설을 쓰듯이⋯⋯.

그러다 보니 스스로 동극도 쓰게 되었고 연극 놀이로 친구들도 사귀게 되었다.

학예회만 열리면 그녀는 합창, 무용, 동시 낭독 등 모든 프로의 주인공이 되었다. 방송국에 가서 시를 읽기도 하고 노래

도 부를 수 있는 기회가 많았다. 이렇게 많은 역할을 하면서도 그 꼬마 소녀는 늘 부끄러움을 잘 타고 무서움도 많았다.

시인 허영자는 이렇듯 어릴 적부터 주위 환경이 그녀를 시인으로 몰아세운 것 같다. 경상도 시골 함양에서 태어나 부산으로 이사 와 중학교를 다녔고, 서울경기여고로 유학을 오게 되었다.

그녀가 고등학교 때 일이다. 방학 숙제로 시인이시던 담임 선생님께서 글을 써오라고 하시어 세 편의 글을 썼다.

두 편은 숙제를 안 해 온 친구들의 이름으로 내고 한 편은 자신의 이름으로 제출했는데, 세 편 모두가 교지에 실리게 되었다.

이때부터 그녀는 문학적 소질을 분명하게 나타내었고, 시인이 되는 계기가 되었다.

그 후 대학에 진학하게 된 뒤 많은 문인 선생님들의 강의와 가르침을 받게 되었고, 그 영향을 받은 탓으로 결국 시인이 될 수밖에 없었다.

1961년 봄, 목월 선생님의 추천으로 《현대문학》에 첫 회 추천을 받았고, 1962년 봄에 세 번째 추천을 받아 시인이란 이름을 얻게 되었다.

허 시인은 문단 등단 후 '청미회' 동인(김선영, 김숙자, 김후란, 김혜숙, 박영숙, 이경희, 추영수 시인)을 결성하여 올해 여름까지 35년을 이어왔다. 우리 문학사에서 길이 남을 일이 아닐 수 없다.

이들 모두는 활발한 활동으로 선·후배 문인들에게 본보기가 되지 않았나 생각된다. 시 쓰는 일은 은밀하고 고독한 개인의 작업이기도 하지만 좋은 문인들과 함께 동시대를 살아가는 일이란 큰 축복이라고 시인은 말하고 있다. 또한 시 쓰는 일에 대해서 이렇게 말한다.

"시를 쓰는 일은 구원 받는 길인가, 아니면 도망과 도피의 길인가. 또한 나에게 시인이라는 예술가가 될 수 있는 재능이 과연 있는 것인가 나는 자신에게 물어본 적이 많다." 고 한다.

이렇게 오랫동안 시를 써 오면서도 늘 자성하고 고뇌하는 모습에서 시인의 참 모습을 보는 것 같아 후배 시인의 한 사람으로서 작은 이슬방울이 눈가에 어린다.

허영자 시인.

그녀는 늘 "말은 짧게 뜻은 길게"라는 말을 가슴에 심고 시를 쓴다.

그녀의 시는 읽는 독자에게 정갈함과 오랜 여운을 남긴다. 그것은 이런 그녀의 시관(詩觀) 때문이라 생각된다. 시를 지고의 언어예술이라 할 때 언어를 표현 매체로 시가 이뤄지기 때문이다. 군더더기 없는 시, 그의 시 대부분의 작품에서 보여주듯이 그의 시적 전개와 언어의 절제, 그리고 비유에서의 뛰어난 은유는 허 시인만이 할 수 있는 빛나는 구슬이다.

그의 시를 만남에서 시인 자신의 향기까지도 느낄 수 있다는 것은 그녀만이 갖는 매력 때문이 아닐까?

그의 인간성 내지는 인품에서 풍기는 가냘픈 몸매 속에 불꽃같이 타오르는 강렬한 그의 시혼은 우리의 영혼을 오래도록 맑게 적셔 줄 것이다.

감

이 맑은 가을 햇살 속에선
누구도 어쩔 수 없다.
그냥 나이 먹고 철이 들 수밖에는

젊은 날
떫고 비리던 내 피도
저 붉은 단감으로 익을 수밖에는.

이성교 시인을 찾아서

아직도 눈이 소년처럼 빛나는 시인 이성교.

대화를 할 때마다 그의 웃음 짓는 모습이 무척 선하다. 아마도 기독교인 특유의 미소가 아닌가 싶다.

그는 강원도 삼척에서 태어나 초등학교를 다닌 후 중·고등학교는 강릉에서 다녔다.

재학 시절부터 그는 문학에 큰 관심을 가졌다. 등사기를 사용하여 『산초원』이란 문학 동인지를 엮어 내기도 했다. 특히 국어 선생님의 영향을 받아 시작에 눈을 떴고, 교내 신문 《대관령》에 실린 「이상」이란 시에 매료되기도 했다.

6·25 전쟁 때에는 오직 시집만 갖고 피난을 할 만큼 시에 빠져 있었다. 『시문학 입문』 같은 이론서나 『님의 침묵』 등은 3년 동안 통독하기도 했다.

6·25 후 《수험생》이란 학생 잡지에 「남매」란 시가 당선되어 게재된 것이 계기가 되어 '학생 시인'으로 불렸다. 그때 신

봉숭 평론가와도(당시 시를 썼음) 무척 가까운 사이로 문학 활동을 활발하게 했다.

그는 고등학교 때 조회 석상에서도 교장 선생님께서 이성교 시인을 칭찬함은 물론이요, 시인이란 이름을 붙여 불러 주셨다. 이런 주위 여건으로 그의 인생은 이미 시인의 조류에 합류되었던 것이다.

그 후 대학 생활을 서울에서 보내게 되었다. '청년문학가협회'에 가입하여 많은 문학 지망생들과 교류를 가졌었다.

그는 1956년 서정주 시인의 추천을 받아 《현대문학》에 「윤회」 「혼사」 「노을」로 문단에 등단하게 되었다.

그가 시단에 나온 지 만 40년의 세월이 흘렀다. 시작 생활을 돌아보면 아직도 뭔지 착잡하기만 하다는 이성교 시인.

그는 또 이렇게 말하고 있다.

"정말 어떤 시를 써 왔는가? 남들이 평가할 때 뭐라 할 것인가? 시는 시작의 횟수가 문제가 아니라 시의 질이 문제다. 그렇게 생각할 때 더욱 가슴이 무거워진다. 그러나 이것은 분명하다. 오랫동안 한 생각으로 내 생활을 노래해 왔다는 점만은. 그것이 남 보기에 어떻든 내 인생, 내 생활을 노래해 왔다는 점에서는 후회가 없다.”고 말한다.

그는 이제 38년 교직 생활(성신여대 교수)을 끝내고 더욱 시업에 정진한다고 했다.

그의 작품을 감상해 본다.

노을

서천으로
흐르는
긴 강물은
우리 님 울다 간
피눈물인가

천년을
불붙는
바다

울먹이는

울먹이는
새들의 울음과
향화의 노래와

어찌하여
항아리는
말이 없느냐

꽃잎 쓸은
자리마다
화촉의 마을

신랑각시
첫 꿈 꾸던
기인
밤인가

성춘복 시인을 찾아서

- 산수유 터지는 삼월의 창가에서

샛노란 산수유가 부산스레 봄을 알리는 삼월, 보헤미안 찻집 창 너머 가벼운 옷차림의 사람들이 싱그럽기까지 하다.

선비의 고장 상주에서 태어난 성춘복 시인을 만났다.

곶감의 산지이며 상주 온천이 있는 고장, 그의 에세이에선 이 고장의 아름다운 이야기가 늘 한창이다.

1936년 상주에서 5남매 중 맏이로 태어났지만 그는 곧 어린 시절을 부산에서 보내게 되었다. 수정초등학교 시절부터 그는 동요를 잘 지어 등사판으로 나오는 학교 신문에 실렸다.

그는 같은 반이였던 예쁘고 공부도 잘하며 글도 잘 쓰는 소녀를 마음속으로 선의의 라이벌로 생각하여 열심히 글을 쓴 적도 있다. 어쩌면 이것이 오늘날 시인이 되는 계기가 되었는지도 모른다. 그는 6 · 25 전쟁으로 집안이 파산에 이르러 가장 노릇을 해야 했었다. 당시 그는 까만 고무신을 신고 숯 포

를 사다 팔았던 이야기를 가슴에 안고 있다.

너무나 가난하여 까만 고무신 찢어지면 실로 꿰매 신거나 자동차 타이어 고무로 땜을 해 신었던 기억, 그리고 돈을 벌기 위해 커다란 숯 포 덩치에서 숯을 나눠 봉지에 넣고 팔아 생활을 해야 했던 기억들이 어쩌면 사춘기를 지나는 어린 소년에겐 큰 고통이었을 것이다.

고등학교 입학할 당시엔 광석라디오 만드는 일에 매료되어 공고에 입학하게 되었으나 개천 예술제에서 글을 써 차상을 받은 것이 계기가 되어 문학에 대한 열망이 불붙기 시작했다. 그로 인해 대학도 국문과를 택했고, 많은 예술인들과도 접할 수 있게 되어 본격적인 시작 활동을 하게 되었다. 1960년 《현대문학》에 시가 추천 완료되어 문단에 등단했다.

그 후 이형기, 문덕수, 박재삼 시인들과 '시단' 이란 동인 활동도 하게 되었던 것이다.

그의 주위엔 늘 많은 사람들이 좋은 인간관계를 맺고 있다.

그래서인지 문협 이사장이 될 무렵엔 모두가 그를 도와 한 국문인협회 성춘복 이사장을 탄생시켰다. 주어진 일엔 늘 최선인 사람, 그리고 많은 분야에 예술적 예지가 퍼뜩 하는 사람, 가까이 있는 사람들은 그를 '재주가 많은 사람'이라고 일컫는다.

늘 많은 일을 해내고 많은 사람들 가운데 있지만, 그 또한 '혼자인 사람'이다. 자녀들은 모두 결혼하여 품에서 떠났고 아내마저 오랜 투병 끝에 떠났다.

그의 시집 『혼자 사는 집』에서 이렇게 노래하고 있다.

내가 자랐던 남쪽 바다
그 짠물 다 퍼 담아 졸여도
내가 만든 음식은 늘 심심하다

활활 타오르는 불 앞에 서서
다시 애간을 달이는
내 조리법은 두서가 없고 식어 있다

함께 나눠 먹을 수저를 놓고
예쁘게 접은 종이도 깔건만
늘 혼자 앉게 되는 이 집

유경환 시인을 찾아서

영혼이 맑은 시인.

마치 깊은 숲 속에 나무들의 속 향기를 만나듯이 그의 시는 늘 싱그럽고 자연 그대로의 천진함을 갖는다.

그의 시는 어렵지 않다. 그러나 결코 쉬운 시가 아니다. 어린아이와 같이 맑고 고운 마음을 갖는 이들만이 진정한 그의 시를 만날 자격을 갖는다.

그는 중학생 시절을 대구 피난지에서 보냈다. 누구나 그랬듯이 당시에는 먹을 것, 입을 것이 태부족하던 때인 탓으로 더욱이 읽을 것은 말할 나위가 없던 때였다. 그러나 다행히도 《학원》《소년세계》《새벗》 등의 잡지가 있어 학생들에게 정신적·문화적 소양을 갖게 했다.

1952년 학생 유경환은 《소년세계》에 동화 「오누이 가게」가 당선되었고, 그 이듬해인 1953년엔 《새벗》 창간호에 동시 문학상까지 받게 되었다. 그는 끊임없이 작품을 써 발표하던 중

1957년에는 《조선일보》 신춘문예에 「아이와 우체통」이란 동시가 당선작 없는 가작으로 당선되었다.

그 후 연세대학교에 입학한 후 그곳에서 박두진 시인을 만났고, 정공채 시인 등과 함께 문학 토론의 자리를 수시로 함께 했다. 대학 2학년 때에는 《현대문학》에 「바다가 내게 묻는 말」(1957년 4월)로 박두진 시인에게 초회 추천이 되었고, 「석화」「혈화산」으로 1958년 추천 완료되어 문단에 등단하게 되었다.

당시 당선 소감에 "주지주의 문학에 화살을 꽂으며"라는 제하의 글을 써 주위 사람들로부터 오만하다는 평을 들을 정도로 자신의 문학 생활에 철저할 뿐 아니라 예리한 비판력까지 지니고 있었다. 그를 우리는 시인이라 부르면서도 아동문학가(동시)라는 칭호에 더 비중을 두고 있다. 여기에 그의 우리 문학에 대한 사랑과 특별한 문학 풍토에 대한 주장을 들어본다.

"동시도 우선 시여야 한다. 중학생이 되면 대학생이 될 때까지 읽을 만한 시가 없는 이상한 현상이 굳어지고 있다. 정서의 사다리에서 딛고 올라설 두 단계가 빠져 버렸다. 어린이가 읽을 시와 어른이 읽는 시만이 풍성할 뿐 막상 그것을 필요로 하는 청소년에게는 '청소년을 위한 시'를 다뤄 주거나 써 내는 매체와 시인이 없다." 고 그는 한탄하고 있다. 또한 그는 동시란 어휘를 싫어하면서도 동시 같은 시, 시 같은 동시를 40년이나 써오고 있다고 볼멘소리를 토해내고 있었다.

그는 또 이렇게 말하고 있었다.

우리나라는 아동문학에 대한 잘못된 인식을 갖고 있으며 지금 우리는 새로운 번역 문학이 있어야 한다고.

그의 쪽빛 하늘과 같은 영혼의 울림의 시, 우리들의 마음밭에 심어지길 바라면서…….

시간의 빈터

냇가 풀섶에
돌탑 얹으며
흐르는 물살 보고 있으면
세월 여울지듯
살아온 빈터 보인다
몇 걸음 떼어놓다 돌아서
바람 감기는 낮은 돌탑에

믿음 하나

더 얹으면

감은 눈으로도 보이는

시간의 빈터

최은하 시인을 찾아서

본명은 '은규', 나주에서 유년기를 보내고 청소년기에는 서울로 이사와 지금껏 서울을 고향처럼 여기고 살고 있는 최은하 시인.

대학 재학 시절부터 일찍이 초등학교 교사를 시작으로 하여 고등학교를 거쳐 대학 강의에 이르렀다.

그도 다른 문인들과 같이 성장기에 문학을 사랑하고 갈망하던 청소년 시절은 예의 다를 바 없다. 그래서 대학에서도 국문학을 전공했고, 1959년 김광섭 선생님의 《자유문학》에 추천으로 문단에 데뷔하게 되었다.

당시에는 문단 선후배들의 사랑을 맘껏 받음과 동시에 술과 담배를 무척 즐겼다.

아마도 많은 문인들은 그가 얼마나 술을 좋아했는지 기억하고 있을 것 같다.

그러나 지금은 술과 담배를 끊은 지 몇 년이 되었다고 한다.

무척 건강해 보이는 것도 이 때문인 것 같다.

유난히 무더웠던 올 여름을 어떻게 지내셨는지 무척 궁금했다. 질문도 드리기 전에 나의 의중을 아셨는지 "올 여름엔 『문단 40주년 기념 문집』을 엮느라 더위도 모르고 일에 열중했어요." 하시면서 말문을 열었다.

그동안 시집 11권, 수필집 2권 등을 엮었던 작품들을 정리도 할 겸, 문단 데뷔 40년을 앞에 놓고 모아 묶기로 했다는 그 말씀 가운데 왠지 쓸쓸한 그림자가 그의 얼굴을 스치는 듯했다.

그는 특히 6·25를 지나면서 인생에 대해 깊이 골몰하여 문학에 심취하게 되었다. 누구나 그랬듯이 그도 '과연 인생이란 무엇일까' 라는 끝없는 물음 앞에서 삶에 대한 절망과 회의, 그리고 실존에 대한 것들에서 고뇌하게 되었다.

이것이 지금엔 신앙생활로 이어졌고 자신의 시에 대한 모체가 되었다.

그는 무척이나 모든 일에 열정적이다.

보리수 시 낭송회를 매월 1회씩 177회를 이끌어 왔고, 또한 '기독교문인협회' 를 결성하여 뿌리를 내리게 했다.

시를 써 오면서 특별한 즐거움이 있다면?

"내가 부른 노래가 메아리가 되어 자신에게 돌아왔을 때 그 노래는 자신의 생활에 활력소가 된다." 고 했다. 요즘 그는 자신의 삶을 되돌아보는 일에 몰두하고 있으며 살아온 인생을 점검해 보는 일에 많은 시간을 할애한다고 했다.

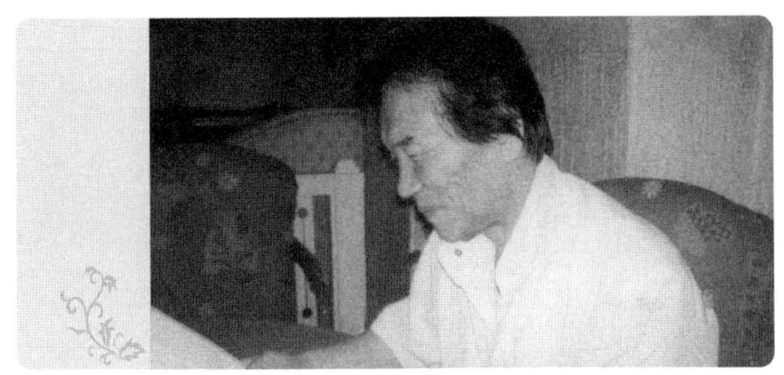

돌이켜 볼수록 자신에 대한 회한과 함께 모든 삶을 쓰다듬고 용서하고 사랑을 받고 싶은 마음뿐이라며 마치 세상과는 상관없는 깊은 종교인의 경지에 이른 것 같은 느낌마저 들게 했다.

가을밤에

넓은 마당귀 섬돌에
휘영청 달빛이 가득하니
기러기 울음 그림자 주름지고
새벽을 불러오느라
머언 종소리 가차이 잡혀오네

이맘때면
내 돌아가야 할 고향집 뜨락엔
퍼런 서릿발이 성글하게 돋아 빛나고
꿈길엔 대숲 바람도 잠잠하겠네

성찬경 시인을 찾아서

오랜만에 겨울 날씨다운 날을 만났다.

지구 온난화 현상으로 지구의 양 끝에서는 빙하가 녹고 있어 바다는 넘친다는데…….

두꺼운 외투와 모자가 더욱 겨울을 실감케 하는 날. 보헤미안 2층 찻집에서 선생님을 뵈었다.

빠르지 않은 말씀이 말의 진실을 깊게 하고 있었다. 공간 시낭송회에서 또는 '말 예술'의 공연에서 만났을 때보다 더 가까운 거리에서 만남은 이상하리만치 한마디 한마디가 어떤 힘을 가지고 있었으며, 나 자신이 그 속으로 빠져나가고 있는 느낌이었다. 현대시가 갖고 있는 무기력과 깊이와 힘이 부족한 것에 대한 문제점을 발견하고 그는 생각했다.

과연 시에 깊이와 힘을 주기 위해선 어떻게 해야 할까?

이것을 해결하기 위해선 무엇보다 시를 X-레이처럼 꼭 보아야 할 것. 표현해야 할 것만 나타내야 되지 않을까 하는 생각에 이르렀다.

그래서 그는 핵심적인 언어로 가장 간략한 시, 요점적인 시가 되어야 한다고 규정하고 요소시(要素詩)를 창출해 내었다. 이것이 발전하여 일자 일행시(一子一行詩)가 되었다.

해.

달.

별.

땅.

등.

하나의 자수가 한 행을 이루는 시가 되었던 것이다.

이것은 바로 시의 건강성 찾기에서 비롯되었다. 한 글자 속에 들어 있는 시의 힘. 다른 어떤 설명도 불허한다. 그의 시론을 듣고 있노라면 자신도 모르게 그의 말에 몰입하게 된다.

끊임없이 실험하는 그의 실험 정신. 시에 대한 무한한 연구와 도전. 그의 새로운 시에 대한 시도는 늘 낭송과 함께였다. 그러기에 시 낭송은 확실한 퍼포먼스다.

그는 공간 시 낭송회를 지속적으로 이끌어 나가면서 독자적으로 '말 예술'을 2회에 걸쳐 공연하였다.

'말 예술'은 우리에게 신선한 충격을 가져다주었다. 모두가 한번쯤은 생각해 보았을, 그러나 시도하기에는 조금 망설여지던 부분. 그러나 시에 대한 끊임없는 관심과 시 사랑의 열정은 어떤 결과에도 상관없이 새로움을 창출해 내게 하고 있는 모습을 보여 주었다.

더욱이 오랜 세월이 묻어 있는 폐품을 통해서 인간의 양면성 즉, 사랑할 때와 사랑을 떠날 때의 '극과 극'의 상황도 끝나지 않는 현존의 가치와 더 큰 사랑으로 연계성을 가진다는 사실을 증명해 내고 있다. 그리하여 골목골목의 버려진 폐품 더미에서 망가진 시계, 버려진 나사못 하나에도 사랑을 부여하고 가슴에 안고 돌아와 마당 가득 쌓아 두시는 일상은 요즈음 시대에 귀감이 되고 있다.

뜨거운 찻잔에서 모락모락 피어오르는 수증기같이 따스함을 주시는 성품과 나이를 상관하지 않으시는 끝없는 도전의 열정은 오래오래 기억되리라.

전덕기 시인을 찾아서

동원정신병원 이사장직과 도서출판 '신지성사' 발행인이신 전덕기 시인. 그의 환하고 선한 얼굴에서 봄의 화사한 햇살을 느낀다.

그의 생활은 하루하루가 짧기만 하다. 그런 생활 속에서 그는 문학을 놓을 수 없는 한 지체와 같다고 말한다. 그는 자연경관이 뛰어나기로 유명한 전북 진안의 마이산 자락에서 태어나 그의 시 세계 역시 짙은 서정성을 지닌 시들이 아닌가 생각한다.

유년 시절부터 글 읽기를 좋아했고 일기 쓰기는 지금까지도 지속하고 있는 일이다.

그가 적극적으로 문학 활동을 하기 시작한 것은 '전북 문학' 동인으로 참여했을 때부터다. 이전엔 물론 대학에서도 국문과를 나와 문학을 한다고 했지만 왕성하지는 못했다.

여러 가지 생활 여건 때문이었다.

문학과 함께 그는 또 하나의 지울 수 없는 십자가 같은 것이 그의 마음을 짓누르고 있었다. 사회의 어둡고 고통 받는 사람들에게 조금이나마 힘이 될 수는 없을까? 그러기 위해 그는 많은 봉사 활동에 참여했고, 결혼 후 그의 장남이 정신과 의사가 되면서 병원을 짓고 그곳에서 정신적 고통을 받는 이들에게 힘과 용기, 그리고 치료의 길을 열어 보고자 했다. 그가 '전북 문학'에서 함께 문학 활동을 했던 시인들로는 이운룡, 김남곤, 최승범, 이기반 시인들로 이들과 적극적인 창작 활동을 했다. 그 결과 그는 1971년 처녀 시집 『이슬이 내리지 않는 초원』을 시작으로 『기러기 사계』『봄비』『허락 받은 이 한 날』『관심을 덜어요』『봄비는 가랑잎을 헤치고』 등 계속하여 시집을 출간했고, 또한 신앙생활(기독교)에 깊은 관심과 신앙심을 지키기 위해 『기도 문집』 등도 준비 중이다.

그에게 문학은 정신세계의 바탕이 되었고 또한 그에겐 신앙과 같은 것이 되었다. 그러기에 문학과 신앙은 일상생활 자체이다.

문학이 그의 생활의 활력소 역할을 해주기도 한다. 문학을 하다 보니 많은 사람들에게 읽히기 위해 자연히 그는 출판을 생각하게 되었고, 그곳에서 나온 책들은 물론 서점에도 나가지만 대부분은 각 교도소에 가게 된다.

책을 대하기 어려운 곳에 있는 이들에게 영혼의 양식을 주기 위함이다.

‘해바라기 선교회’란 이름으로 교도소 탐방을 한 지도 벌써 몇 해가 지났다. 이렇듯 그의 역할은 1인 3역, 아니 5역이 되는 것 같다. 그의 시에서 그의 삶 자체를 발견할 수 있다.

인간의 순수한 참모습이 보인다.

시인이며 사회사업가인 그에게서 오히려 따뜻한 옛 우리 어머니의 모습이 언뜻 내 앞을 스쳤다.

그의 시 한 편을 소개한다.

이슬이 내리지 않는 초원

낭랑히 엮어 수놓은 별과 같이

낭랑히 엮어 나간 내 초원

이랑, 이랑에 아직은

이슬이 내리지 않아

숨결 차오르는

황황한 대지입니다

가슴 퍼덕이던

영웅들의 고귀한 삶이

잡다한 밀실에서

소용돌이치는……

가슴 돌리면

아득한 욕망의 계단입니다

동화 속의 인생을 가듯

찬란한 젊음

파아란 하늘에 심은 종자는

가파른 땅에 움틀 줄 모르고

억새풀 이랑에 숨 차오르는

한 줄기 갈대입니다

의식 없는 방황 속에

집념한 허탈일까

단련하던 의지마저

호수 속에 달이 되니

맴돌다 돌아가는

탕자입니다

김여정 시인을 찾아서

시인 김여정. 경남 진주에서 태어나 여고를 졸업한 후 서울에 올라와 성균관대 국문과를 졸업하였다. 1968년 《현대문학》에 시 「화음」「편지」「남해도」가 추천되어 문단에 새 별로 떠올랐다.

섭씨 30도를 오르내리던 날. 하남시에서 혜화동 로터리까지 오시느라 무척 힘드셨을 텐데―.

죄송한 마음으로 보헤미안 찻집 문을 열었다. 젊은 날 퍽이나 예뻤을 얼굴과 몸짓엔 여성스러움이 곱게 묻어나 있었다. 그러나 한편 억센 경상도 억양과 오랫동안 교직에 봉직한 탓인지 억세고 강인함이 선이 굵게 깔려 있음을 느꼈다.

이제 교직 생활을 떠나 시간의 여유도 있으련만 생활은 더욱 바빠졌다 한다. "여교장들의 모임, 여행, 작품 쓰기 등 매일 매일이 어쩌면 이렇게 바쁜지 직장에 다닐 때보다 더 바쁘

다”고 행복한 피곤함을 토로하신다.

건강한 모습이 무척이나 아름다웠다.

김 시인은 여고 때 이미 신문에 「그리움」이란 시가 발표될 만큼 문학에 대한 재능이 뛰어났다. 그리고 대학 시절엔 평론가 윤병로, 소설가 권태웅 등과 ‘석탑’ 동인을 결성하여 활발한 문학 활동을 하였다.

학교 졸업 후 3년간 《한국일보》사에 근무한 후 모교인 진주여고 교사로 부임한 이래 1998년까지 38년간이란 긴 시간을 교직에 헌신했다.

여교장이란 굵직한 명함을 달고 있었지만, 그는 살아오는 동안 마음속에 가장 잘한 일은 ‘글을 쓴다는 일’이라고 했다. 이 한마디 속에 그가 얼마나 ‘시’를 사랑하는가를 나타내고 있었다. 끊임없는 창작 생활은 지금도 쉼 없이 이어져 많은 문학지에서 원고 청탁을 받고 있다.

세상에 부나 명성은 죽음과 함께 사라지지만 작품과 그 사람의 인품은 오랫동안 사람들에게 회자되는 것이라 했다. 또한 나이가 들수록 작품 쓰는 일에 희열을 느끼고 감사한다고 했다. 이 얼마나 보람된 일인가. 현대를 함께 살아가는 문단 후배들에게 이 말은 용기와 자부심마저 갖게 하는 말이었다. 그의 작품은 늘 묵직한 중량감을 갖고 있다. 철학적 깊이와 무게가 버티고 있다.

시 한 편을 감상해 본다.

산국 농장의 후박나무

그날 내가 만난 것은 분명 후박나무도 처음 보는 후박나무였는데 첫눈에 확 100볼트의 불이 켜진 전광의 후박나무였는데 분명 후박나무가 아니라 일망무제의 바다이고 끝없는 수평선이고 상상도 닿지 않는 광대무변의 초원이고 과거도 미래도 아닌 영원의 시간 그 시들지 않는 싱그러운 신비의 눈동자이고 형광빛 심해어의 쏘는 눈빛이고 우주 공간에서 바라본 수정 덩어리 지구이고 지상에서 바라본 달나라 북극의 설원이고 그 설원에 깊숙이 찍힌 곰 발자욱 파란 물줄기 대나무 잎새의 푸른 피 푸른 피의 충일하는 바다였네. 그 바다 절벽을 치는 파도의 포말이 후박나무 잎새에서 줄줄이 영롱한 진주로 꿈을 꾸고 있었네 그 꿈을 풍경처럼 흔드는 한 자락 바람이 후박나무의 우주 속으로 나를 소멸시켰네 드디어 내가 만유의 바다를 분만하는 고통에 든 것이었네.

김남조 시인을 찾아서

산이 가을로 간다. 《시마을》이 창간된 지 8년. 여덟 번째의 가을을 맞으면서 통권 30호를 발간하게 되었다 우리 모두에게 '평안'과 '안식'의 기도를 드리는 시인 김남조 선생님을 모시기로 했다.

홍금자 저희 《시마을》이 30호를 내게 되어 선생님을 모시게 되었습니다. 문학 중에서도 시를 쓰시게 된 동기를 어떻게 말씀해 주시겠는지요.

김남조 여고 시절에 비교적 책을 많이 읽은 편입니다. 그 당시 건강이 좋지 않았고 졸업반이 되어선 장기 결석을 하면서 치료를 받았는데 그 무렵 타고르 시집을 처음 읽고 마치 영혼이 잠깨는 첫새벽을 맞는 듯한 매우 큰 충격과 감격이 치밀었습니다. 그 후부터 시에 대한 지향을 마음속에 키워 온 듯하고 결국 시를 쓰는 한 사람이 된 것 같습니다.

홍금자 시인으로 가장 보람을 느끼시는 때는 언제이신지요.

김남조 시를 쓴다는 건 실로 괴로운 일이지요. 이 괴로움과 이어진 표리 관계에서 보람을 느낀다고 할 수 있을 것 같군요. 한 편의 시를 여러 번 고치면서 고통스럽게 쓴 다음 펜을 놓고 비로소 숨을 크게 쉬는 듯한 안도감과 얼마간의 기쁨이 있게 되지요. 잠시 보람 같은 걸 느끼지만, 그러나 내 경우는 몇 시간 후면 다시 글의 어설픈 부분이 눈에 띄어 또 고치게 되곤 합니다.

홍금자 여러 후배 시인들과 수많은 독자들로부터 사랑과 존경을 받으시는 비결이랄까? 그 연유는 무어라고 생각하십니까?

김남조 존경과 사랑을 받고 있는지의 여부는 잘 모르겠습니다만, 아무튼 지난 50년간 나름대로 최선을 다해 왔고, 내가 힘들었기에 그 길을 가고 있는 후배들이 애처롭고 사랑스럽습니다. 그래서 진심으로 격려와 축원을 보내 주게 되는 것이지요. 독자들에 대해서도 그들이 우리의 시를 읽는 건 우리 시인들과 동질적인 자아를 지니기 때문이라고 생각되고, 또한 시를 읽고 책을 사주는 그 자체도 매우 고마운 일이지요. 독자와 시인 사이의 형제애 같은 따뜻한 유대감과 친밀감을 내가 가짐으로 그 반사작용이랄까, 독자층에서도 항상 반갑게 대해 준다는 느낌이 다시 나에게 와 닿는 것이겠지요.

홍금자 후배 시인들에게 유익한 도움 말씀을 좀 해 주신다면—.

김남조 사람이 평생의 업으로 결정하고 이에 종사하는 본인에겐 삶의 유일한 소명(召命)일 것입니다. 특히 문학은 사람의 심정을 수요하여 자기 안에서 공들여 배양하고 성숙시켜 다시 그들과 나누어 가지는 책무를 지닌다고 생각해야 합니다. 어려운 시대의 여러 독자들이 그래도 시인 식탁에 와서 마음의 배고픔을 달래고, 빵과 식수를 다소라도 얻는다는 신뢰감을 갖게 할 만큼의 좋은 문학을 하려면 매사에 깊이 보고 음미하여 되도록 본질의 살결을 알아볼 수 있도록 문학적인 학습을 언제나 염두에 두어야 합니다. 후배들에게 할말은 많지만 이 말부터 우선하게 되는군요. 가장 중요하니까.

홍금자 혹 어떤 특별한 습성을 갖고 계시다면 어떤 것이 있는지요.

김남조 글쎄요. 저는 영화를 많이 보고 음악도 시간이 있으면 가급적 많이 들으려 하고 있지요. 내 나이엔 눈의 피로가 쉬이 와서 독서를 줄이게 되고 덜 긴장을 주는 영화를 대개는 케이블TV의 여러 채널에서 골라 마음에 새기면서 보는 게 독서의 연장 또는 독서 자체인 셈이지요. 과거의 감정들도 영화를 보는 중에 복습이 된다 할까……. 그리고 우리 집에 두 살 된 손자가 함께 살고 있는데 이 아이를 바라보며 삶의 기쁨을 많이 품게 됩니다. 사람이란 사랑할 만한 존재라는 재확인이

나에겐 큰 힘이며 감동이 되곤 하지요.

　홍금자　선생님의 말씀 감사합니다. 저희 잡지에 깊은 관심을 가져 주셔서 더욱 고맙습니다.

　선생님의 시 한 편을 소개합니다.

　　아가雅歌 4

　　가장 깊은 뿌리에서
　　아슴히 높은 정수리까지의
　　내 외로움을
　　사람아 너에게 드릴 밖엔 없다
　　동쪽 비롯함에서
　　서녘 뜰 너메까지
　　한 솔기에 둘러 낀
　　하늘 가락지
　　돌고 돌아서
　　다시 오는 이 마음을.

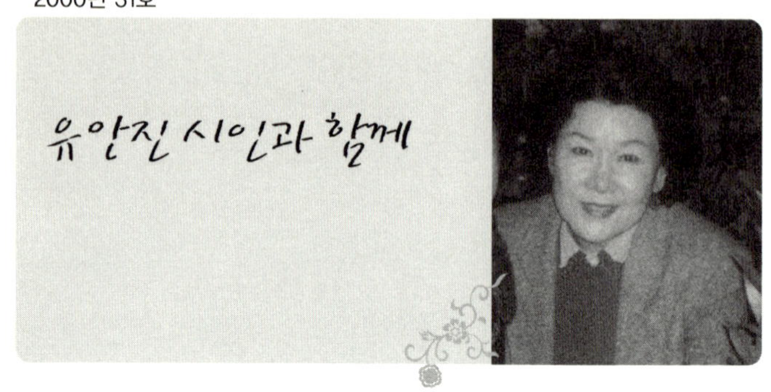

무소유의 달, 십이월.

인사동 거리, 가로수엔 핏기 없는 나뭇잎들이 안간힘을 쓰며 나무에 매달려 떨고 있다. 바람은 남은 것 다 내 놓으라 재촉하고, 새 생명을 준비하기엔 아직 서툰 나무들이 안간힘을 쓰고 있다. 좀더 조금만 더 기다려 달라 하며……

홍금자 선생님 안녕하세요? 오늘 따라 바람이 차갑습니다. 요즘 문학가엔 출판 기념회, 송년 모임 등 몹시 바쁜 시기인데 이렇게 나와 주셔서 감사합니다. 선생님은 어린 시절 조부모님의 영향을 많이 받아 시단에 들어오신 걸로 알고 있는데 유년의 꿈은 어떤 것이었는지요?

유안진 그렇습니다. 저는 어린 시절 조부님의 시(시조)를 읽는 속에서 천자문을 시점으로 글공부를 하기 시작했습니다. 그 후 초등학교에 입학해서는 장차 초등학교 교사가 되겠다는 꿈을 가졌었고, 중학교에 들어가서는 소월 시를 만나 시인이 되겠다고 생각했었으며, 고등학교에 가서는 판사가 되겠다는 꿈을 가졌었지요. 그러다 5·16 쿠데타 이후 《현대문학》에 시가 박목월 선생님의 추천으로 발표된 후 이렇게 시인이 되었습니다. 사실 시는 내 전공 분야가 아니었지만 마치 어떤 마력 같은 것에 끌려 시가 또 하나의 내 분신이 되었습니다. 마치 천형과도 같이……

홍금자 천형 같은 이 시를 쓰시면서 후회하신 적은 없으셨는지요?

유안진 왜 없었겠습니까? 작품을 쓰면서 내가 원하는 것만큼 안 되었을 때는 무척 힘들었습니다. 회의도 많았고요. 처음 문단에 데뷔했을 때는 문학의 선배도 만나지 못했고, 발표할 지면도 없어 몹시 외로웠습니다. 그 단계를 지나서는 혼자만의 희열을 느끼게 되었습니다. 내가 하고 싶은 이 문학, 바로 나만의 문학을 향유할 수 있다는 것이 얼마나 기쁜 일인가. 그리고 시는 바로 나의 영혼이란 걸 깨닫게 되었습니다. 이것은 지금까지 내가 문학을 계속할 수 있도록 한 큰 버팀목이었습니다. 사실 문학을 한다는 일은 저주이면서 또한 애끓는 사랑입니다.

홍금자 선생님은 어떤 시를 써야 한다고 생각하시는지요?

유안진 저는 시류에 어울리는 시나 또한 어떤 목적을 가진 의도적인 시는 쓰고 싶지 않습니다. 오직 인간이 갖는 자연스런 본성을 나타내는 시를 쓸 것입니다. 그러기에 '시'만을 위한 생활이 되는 것이 나의 최상의 바람이기도 합니다.

　홍금자　앞으로의 작품 계획이 있으시다면 말씀해 주세요. 그리고 문학상 수상한 것도 말씀해 주시면 감사하겠습니다.

　유안진　저는 1965년 등단 후 3, 4년 주기, 또는 4, 5년 주기로 시집을 내왔습니다. 시조집 1권을 포함해 시집 12권, 산문집 10여 권 등을 냈고, 그 외에 학문적 저술 4권을 발표했습니다. 앞으로 우리 '민족 속에 여성을 상징하는 것엔 어떤 것이 있나' 하는 것을 연구하여 책을 낼 계획입니다. 부끄러운 질문이군요. 문학상은 '한국 펜 문학상'과 '정지용 문학상'이 있습니다.

　홍금자　감사합니다. 선생님의 말씀이 많은 문학하는 사람들에게 도움이 되리라 생각합니다. 건강하세요.

임성숙 시인, 그는 일상적 자아와 실존적 자아의 갈등과 대립 속에서 삶의 진정한 양식에 대한 각성을 표출시키고 있으며 또한 그 속에 잠재하고 있는 자신의 고통과 열망을 사회적 차원으로 고발시키고자 하는 사고적, 비판적, 의식적인 시를 쓰고 있다.

홍금자 선생님은 늦깎이로 시인의 길에 들어 40여 년간 글을 쓰셨다고 하셨는데 언제 등단하셨는지요?

임성숙 결혼 후 35살이 되던 해 문단에 입문했으니 늦깎이지요. 공주사대를 졸업한 후 강경여중, 공주사대부중 교사를 했었습니다. 그러다 보니 자연히 등단에는 별 관심을 두지 않았습니다. 1967년 《현대문학》에 신석초 시인의 추천으로 등단하게 되었습니다.

홍금자 등단하시기 전까지의 문학 활동도 얘기해 주세요.

임성숙 대학에 입학 당시 국문과 교수님이셨던 정한모 선생님의 지도로 시 모임인 '수요회'에 들어가 시 낭송, 작품 강평회 등을 정기적으로 하게 되니까 자연스럽게 문학 활동을 하게 되었습니다.

홍금자 당시에는 어떤 시인들과 활동을 하셨는지요.

임성숙 김여정, 조남익, 박제천, 김후란, 성춘복 등 10여 명이 《현대문학》으로 등단한 것에 힘입어 등단 결심을 했었고 또한 많은 문예지 구독이 문학에 대한 연결고리를 갖게 했습니다.

홍금자 글쓰기를 할 때의 특별한 마음가짐이나 중요성이 있다면 어떤 것을 말씀하시겠습니까?

임성숙 특별한 마음가짐이라는 것까지는 말할 수 없지만 저의 경우는 등단 결심이 확실하게 섰을 때 '나는 죽을 때까지 글을 쓰겠다'는 마음가짐이 된 후 등단했습니다. 그리고 글쓰기에 있어서도 기교보다는 주제성을 중시합니다. 다시 말해 삶의 진실을 추구하며 또한 문학 속에서 최고로 추구하는 것은 진, 선, 미라고 생각합니다.

홍금자 혹시 작품을 쓰실 때 시간을 정해 놓고 쓰시는지요?

임성숙 처음에는 글 쓴다는 표를 내는 것 같아 아무도 보지 않는 한밤중에만 썼는데 얼마 후에는 특별한 장소나 시간의 구애를 받지 않고 씁니다.

홍금자 요즘 문단에는 '동인' 활동이 매우 활발하고 선생님도 '청미' 동인을 오랫동안 하셨는데 개인에게는 어떤 영향을 받으셨는지요?

임성숙 '청미' 동인을 30여 년 동안이나 했으니 퍽 오랜 시간 아니, 문학 활동하는 동안 계속 이어진 셈이지요. '동인'이란 개인의 글쓰기에는 직접적인 영향보다는 간접적 자극을 받게 됩니다. 때로는 각각 색이 다른 작품들이 다른 사람에게 작품 세계의 시각을 넓혀 주기도 하고 격려고 되고, 서로 부추기는 일을 하게 됩니다. '동인'이란 함께 어깨동무를 하고 문학의 길을 걷는 좋은 친구지요.

홍금자 오랜 시간 동안 감사합니다. 끝으로 선생님이 좋아하는 시나 시구(詩句)라도 있으면 말씀해 주세요.

임성숙 「친구여」란 시를 좋아합니다.

친구여

우리 잠시 봄비 뿌리듯이 만나는
이 시간
비단 감촉의 말씀을 가벼이 안겨 주고
헤어질 때 흔드는 손수건 귀퉁이
나는 듯 마는 듯 풍기는
향기나 두고 가자 친구여.

추영수 시인을 찾아서

빛살 고운 초여름, 아직도 수줍은 고운 심성을 가진 시인, 추영수 시인을 만났다. 그는 다작을 하지 않으면서도 확고한 자신의 시 세계를 구축하였다. 늘 다정다감함 미소와 독실한 기독교인으로서의 삶은 조용한 감동을 전해 준다.

홍금자 유치원 원장님을 하시느라 무척 바쁘실 텐데 이렇게 시간을 내주셔서 감사합니다. 선생님도 '청미' 동인으로 활동하셨는데 문단에 언제 나오셨는지요.

추영수 1958년 《현대문학》에 서정주 시인의 1차 추천을 받고 1961년에 천료되어 문단에 입문했지요.

홍금자 선생님은 교육 심리를 공부하셨는데 특별한 동기가 있으신지요?

추영수 처음 대학 입학할 때는 의과를 공부하려 했어요. 어머니의 병약함과 언니의 죽음 등으로 꼭 의사가 되려 했는데

아버지께서 완강히 반대하셨어
요. 힘든 의과를 공부하다 몸이
라도 약해질까 염려하셨지요.
그래서 교육 심리를 전공하게
되었지요.

　홍금자　그러면 언제부터 문
학을 하셨는지요?

　추영수　부산대학 시절 문학
서클인 '운석' 동인 활동을 했
어요. 강상구, 정상호 씨 등 6,
7명 정도가 모여 문학에 대한
토론, 발표 등을 했지요.

　홍금자　혹시 집안에 문학하
는 분이 계셨는지요?

　추영수　저의 집은 교육자 집
안입니다. 오빠께서 대학교수
로 계셨고, 또 집에서는 어머니께서 한학이 깊으셨습니다. 오
빠가 대학에 계신 관계로 문인들과의 교류를 갖게 되었고, 특
히 '청미' 동인이 되어 지금껏 활동을 하고 있지요.

　홍금자　지난해 문단의 큰 별로 돌아가신 서정주 선생님의
추천을 통해 등단하셨는데, 선생님께서 시집 서문을 써 주신
적이 있으신지요?

추영수 두 번째 시집 『작은 풀꽃 한 송이』의 서문을 써 주셨는데 너무 과분하고 부끄러워 말씀드리기 어려운데요.

홍금자 말씀해 주세요. 그렇지 않아도 처음 뵐 때부터 너무도 조용하시고, 겸손, 수줍음을 가지셔서 오히려 문단 후배인 제가 부끄러웠습니다. 간곡히 부탁드립니다.

추영수 그러시다면 책이 나온 것을 보여드리지요.

홍금자 제가 몇 구절 인용하겠습니다. 감사합니다.

"거두절미하고 우리말로 된 시어들의 매력에 관심이 있는 이들은 추영수 여사의 다음과 같은 시어 조립들을 음미해 보시기 바란다.

· 설움을 타는 별빛

· 피 말리는 뙤약볕

· 울음 그친 하늘……

우리들의 정신 생명의 내막의 중요한 것들을 이만큼 간절하게 조화된 영상들의 배합으로 짤 줄 아는 이 지상엔 흔치 않다는 것을 나는 잘 알고 있고, 또 우리 한국어의 전통적인 조직의 아름다움을 이만큼 유창하게 만들어 낼 수 있는 이가 우리 시단에도 흔치 않다는 걸 나는 잘 요량하고 있기 때문에 이 경사를 축복하여 여기 이 찬사를 쓰고 있는 내 심정은 '我田引水'니 그런 것 전혀 없이 매우 기쁘기만 한 것이다.

1980영 10월 27일 아침

未堂居士 徐廷柱"

—『작은 풀꽃 한 송이』의 서문 중에서

홍금자 멋진 서문입니다. 이 글이 한마디로 선생님의 모든 것을 말해 주고 있군요. 앞으로도 선생님의 좋은 글들 자주 지면을 통해 만날 수 있기를 기대합니다. 감사합니다.

박이도 시인을 찾아서

박이도 시인. 그는 새를 통해서 인간 존재의 숙명을 노래한다. 인간이 살아가는 삶의 현실은 언제 해일이 일고 파도가 칠지 모르는 광폭함을 감추고 있는 바다이다

인간은 그런 바다 위에서 먹이를 구하고 다시 날아올라야 하는 갈매기와 같다.

높이, 멀리 날수록 혼자일 수밖에 없고 더 날 수 없을 때까지, 즉 죽음에 이르기까지 날 수밖에 없는 갈매기의 숙명처럼 인간 존재의 숙명 또한 그러하다고 그는 노래하고 있다.

홍금자 유난히 더웠던 여름, 잘 지내셨습니까? 지금도 텃새들을 관찰하러 다니시는지요?

박이도 지난여름은 무척 더웠습니다. 물론 지금도 새에 대해서는 관심을 갖고 있지만 『을숙도에 가면 보금자리가 있을까?』라는 시집을 낸 후로는 한계점을 느꼈습니다.

홍금자 특별히 큰 난관이라도 만나셨는지요?

박이도 그렇습니다. 사실 우리나라의 텃새는 우리가 쉽게 접하는 참새, 까치, 꿩 등 십여 종이 주를 이루는데 이것을 시로 짓고 나니까 벽에 부닥치게 되었습니다. 직접 보고 그 새들의 노래를 듣기 어렵기 때문에 작품화하기엔 한계가 있음을 알았습니다.

홍금자 선생님은 1959년 《자유신문》에 「음성」이 당선되고, 이어서 1962년에 《한국일보》 신춘문예에 「황제와 나」가 당선된 후 문단에 나오셨는데 그 이전에도 작품 활동을 하신 적이 있으신지요?

박이도 물론 초등학교 때나 중학교 시절에도 작문 시간에 내가 쓴 글들이 뽑혀 그때부터 글을 쓰는 것을 좋아했을 뿐 아니라 각종 어린이 잡지에 투고도 많이 했었지요. 그래서 활자화된 작품들도 있었습니다. 그리고 대학 생활 동안 동인 활동으로 많은 습작 기간을 가졌었습니다.

홍금자 특별히 글쓰기에 영향을 주신 분이 계신지요?

박이도 저는 형님이 계셨는데, 그 형님이 무척 책 읽기를 좋아하셔서 저도 자연스럽게 책을 접하게 되었고 형의 영향을 많이 받은 셈입니다.

홍금자 등단하실 무렵 문학에 대한 사회적 관심도는 어떠했는지요?

박이도 사실 제가 《한국일보》에 「황제와 나」(박두진, 박남수 선)가 당선될 때는 5·16 쿠데타 직후로써 군에서 바로 제대할 때였습니다. 사회는 모든 언론이나 문학 활동이 활발하지 못한 것 같았습니다.

홍금자 앞으로 어떤 경향의 시를 쓰시겠습니까?

박이도 지금 저는 민담에 대해서 깊은 관심을 가지고 있습니다. 우리 선조들이 썼던 소박하고 투박한 어투를 찾아내 시로 쓰고 싶습니다.

홍금자 그렇다면 그 시의 제목은 '민담시' 라고 붙여도 좋을는지요?

박이도 맞습니다. 바로 민담시입니다. 민담들의 내용을 살려 시로 변형시키는 것이지요. 바로 민담 특유의 어투를 현대 사회에 맞는 말로 바꾸어 풍자적, 해학적 시를 쓰려고 합니다.

홍금자 현재 우리 시단에서의 신인 배출을 어떻게 생각하십니까?

박이도 동인지나 군소 잡지 출신들의 신인들을 대상으로 한 신인상 제도나 추천 제도를 두어 좀 더 질 높은 시인들을 배출해 내는 제도를 만들고 싶습니다.

홍금자 대담에 응해 주셔서 감사합니다. 선생님의 민담시들을 기대합니다.

신봉승 시인을 찾아서

문학을 하기 위해 학교를 전학하며 시의 스승을 만나러 갔던 영원한 시인 신봉승.

홍금자 선생님은 독자들에게 시나리오 작가로만 많이 알려졌는데 언제부터 시를 쓰셨는지요?

신봉승 내가 처음 문학을 한 것은 고등학교 2학년 때지요. 사실 난 시를 쓰기 위해 강릉농고에서 강릉사범학교로 전학을 했습니다. 그 학교엔 시인이신 황금찬, 최인희 선생님들이 계셨기 때문이지요. 그때부터 두 선생님께 개인 사사를 한 셈이지요. 단 한 편을 써도 일일이 선생님께 보이고 지도를 받았습니다. 최인희 선생님은 오래 전 고인이 되셨고요.

홍금자 소년 시절부터 문학에 대단한 열정을 가지셨군요. 시 수업을 철저히 하셨는데 어떻게 시인보다는 시나리오 작가로 알려지게 되었나요?

　신봉승　시는 1987년 《현대문학》에 청마 선생님의 추천으로 「이슬」이 선정되었습니다. 그 뒤 시와 시나리오는 '이미지'로 쓰인다는 공통점을 발견하게 되었고, 시로 하지 못하는 부분을 시나리오로 하게 되었습니다. 1960년에 시나리오 「두고 온 산하」가 세상에 빛을 보게 되었지요. 그때부터 본격적으로 시보다는 시나리오에 더 정진하게 되었습니다. 그러다 보니 시나리오 작가로 알려지게 되었지요.

　홍금자　시집도 3권이나 내셨지요. 그중 두 권은 강릉 고향 마을인 초당동 이름을 붙였는데, 특별한 이유라도 있으신지요?

　신봉승　내가 고향을 떠날 때(당시 20대)에는 꼭 좋은 시인이 되어서 고향에 돌아오겠다고 말했습니다. 그런데 막상 서울에 와서는 시를 쓰지 못하고 시나리오를 쓰게 되었지요. 50대에 강릉 초당에 집을 짓고 돌아갈 때에는 좋은 시인이 되겠다는 자신의 약속이 지켜지지 못한 것 같아 우선 시집을 한 권이라도 내서 약속을 지켜보려 했던 것입니다. 그 시집이 첫 번째가 된 『초당동 소나무 떼』입니다.

홍금자 약속의 시집이었군요. 고향에 돌아 갈 하나의 구실과 체면도 지키게 되었고요. 『신봉승 시집』은 좀은 낯선 것 같으면서도 연민이 흐르는 시집입니다. 앞으로 시를 계속 쓰실 계획은 없는지요?

신봉승 계획을 세우고 쓰는 것이 아니지만 1년에 15편 정도의 시는 꼭 썼었습니다. 요즘 들어 2, 3년 동안 못 쓰고 있지요. 그러나 나는 언제나 시인이고 싶습니다. 나는 시인이란 이름을 달기 위해 시의 끈을 놓을 생각이 없습니다. 하지만 시를 쓸 수가 없을 따름입니다. 하루에 9시간 정도 컴퓨터 앞에서 매일 시나리오, 역사 소설을 쓰다 보니 언어가 모두 풀어져 있다가 다시 응축된 언어로 표현하려다 보니까 잘 되지 않아 시를 쓰지 못하는 것입니다. 그러나 나는 시인이기를 원합니다. 언제나 아름다운 시의 나라의 백성이고 싶습니다.

홍금자 선생님은 5천 년 역사 속에서 조선왕조에 대한 것만을 쓰시는 특별한 이유라도 있는지요?

신봉승 삼국시대나 고려 등의 역사는 우리들의 의식 속에 전설처럼 여겨지기가 쉽습니다. 그리고 현재 우리들과는 무관한 것같이 느껴지기 때문에 우리들에게 가장 가까이 느껴지는 조선시대를 택한 것입니다.

홍금자 그 방대한 내용이나 자료 등은 어떻게 수집하셨는지
요?

신봉승 다행히 『조선왕조실록』이 있기 때문에 해낼 수 있었
습니다. 그러나 그것은 모두 한자로 수록된 것이라 무척 힘들
었습니다. 한학자, 역사가들을 매일 찾아뵙고 썼던 것이지요.
처음 시작부터 완성시키기까지 무려 35여 년이 걸린 셈입니
다.

홍금자 선생님. 정말 굉장한 일을 하셨습니다. 요즘 쓰고 계
신 책이 있으신지요?

신봉승 올해 들어 8권의 소설을 썼습니다. 얼마 전에 나온
『조선의 전쟁』 5권과 마침 오늘 아침에 출간되어 나온 『이동
인의 나라』 3권입니다.

홍금자 선생님 축하드립니다. 제가 제일 먼저 선생님과 '출
판 기념회'를 하는 셈이군요. 너무나 행복하고 기쁜 날입니
다.

신봉승 홍 시인과 출간의 기쁨을 함께하고 축하를 받게 되
어 무척 기쁩니다. 감사합니다.

『이동인의 나라』. 큼지막한 제목이 붙은 두툼한 3권의 책
앞에서 나는 얼른 머리글을 보았다. '국민에게 바치는 소설'
이란 제하의 글이 눈에 들어와 빛나고 있었다. 언뜻 이런 글을
보았다.

“나라의 미래를 위해 몸소 횃불을 짊어지고 스스로 불덩이가 되었던 선각자의 숭고한 희생이 있고 없음에 민족의 명운이 갈라지는 것이 역사의 가르침이다……”란 글이었다.

그렇다. 오늘을 사는 우리에게 필요한 것은 역사의 가르침을 깨닫는 일이리라. 목련이 터지는 소리를 듣기 위해 남목리 자목련 밑에서 문학의 눈뜨임이 있었던 시인 신승봉.

시인의 이름이 그의 어깨 위에 훈장처럼 빛나기를 기원하면서-.

홍금자　안녕하셨습니까? 3월 초 문학의 집에서 연 날리기 때 뵙고 처음이군요. 요즘 들어 문학 행사에서 자주 뵐 수 있어 기쁩니다.

강　민　그렇군요. 전보다는 문학 행사에 빠지지 않으려 노력하고 있습니다.

홍금자　사실 선생님은 작품을 자주 발표하지 않으시기 때문에 후배 시인들에겐 낯설게 느껴지는데 그 이유 좀 말씀해 주세요.

강　민　그야 시를 잘 쓰지 않으니까 그렇지요. 하하-. 그렇지만 며칠 후면 시집이 나올 겁니다. 작년에는 30여 편을 발표도 했고요.

홍금자　제가 잘 몰랐습니다. 축하드립니다. 여하튼 과작을 하시는 편이시지요?

강　민　그런 편이지요. 오랫동안 시를 쓰지 못했으니까요.

홍금자 특별한 이유라도?

강 민 난 시를 쓰기보다는 시가 좋았고 직장 생활을 오래 하는 동안 많은 문인과의 교류는 있었지만 실상 작품 생활은 하지 못했습니다.

홍금자 그렇다면 다른 시인을 통해서 시를 쓰신 셈이네요. 하하하……. 언제 어떻게 문단에 등단하시게 되었나요?

강 민 저는 사실 동국대학교를 입학할 당시 좋은 문단 선생님들을 만났습니다. 조지훈 님, 서정주 님, 김광섭 님 등의 가르침을 받았고, 1962년 《자유문학》에 「노래」가 김광섭 선생님의 배려로 뽑혀 등단하게 되었습니다.

홍금자 등단 당시 만난 문인들은 어떤 분들이었는지요?

강 민 등단 당시에는 도서출판 육민사에 근무하고 있으면서 신동문, 고은, 김재섭, 권용태, 송혁 등과 동인지 《현실》을 발간했습니다.

홍금자 강 시인은 같은 학교 후배인 소설가 이국자 님과 결혼하셨는데 어떻게 만나셨는지요?

강 민 1966년 11월에 했는데……. 뭐 선남선녀가 사랑하게 되면 결혼하게 되지 않습니까. 아마도 도서출판 학원사에 있을 때가 가장 문인들과 교류가 활발할 때였던 것 같습니다.

홍금자 첫 시집은 언제 출간하셨는지요?

강 민 1993년 도서출판 '답게'에서 「물은 하나 되어 흐르네」를 등단 30여 년 만에 냈습니다. 금년 4월에 2집이 나옵니다.

홍금자 참으로 긴 시의 여정입니다. 이유는 모르겠지만 문단 선후배 간에 많은 인기를 얻고 계신데 특별한 이유라도 있으신지요?

강 민 인기라뇨? 다만 오랫동안 출판계에 몸담다 보니 문단 교류가 활발하니까 그렇게 말이 나온 것일 겁니다.

홍금자 하여튼 많은 문인들이 강 시인을 좋아하고 믿음의 나무처럼 따르는 건 인품이 좋은 탓이라 여겨집니다. 시집에서 보면 1950년대에 시대적 상처로 인한 실의와 좌절, 그리고 1960년대엔 4 · 19 혁명을 겪는 동안 젊은이로서의 큰 고통을 경험하게 된 시인들을 만날 수 있습니다. 당시 상황을 좀 말씀해 주세요.

강 민 당시엔 이 나라의 모든 젊은이들이 그랬듯이 독재에 항거했으며, 그때 희생된 이들로 인한 심적 고통은 누구나 갖게 되었지요. 가까운 많은 친구들이 군사독재로 인해 투옥되었고, 그 일로 큰 아픔의 날들을 보냈습니다.

홍금자 당시의 시 한 편 소개해 주세요.

어느 아침
차라리 한 잎의 꽃이고저
한 방울의 이슬이고저
길가의 잊혀진 돌이고저

기도는 익어서 하늘 끝에 머물러도

당신은 먼 하늘의 그리움일 뿐

이승과

저승의 거리만큼

그렇게 먼 곳에 계시었습니다

당신은

─「당신은」 중에서

홍금자 고통과 아픔의 시간들을 되새기게 한 것 같아 죄송합니다. 사월의 햇살 같은 선생님의 시집을 기다리겠습니다. 감사합니다.

김광림 시인의 본명은 충남이다. 1929년 함경 원산에서 출생하여 청소년기를 일제강점기하에서 보냈다. 중학교 재학 중 농촌 봉사 활동을 다녀와 체험기 「거머리 이야기」 등을 쓴 것이 담임선생님의 추천으로 교내에서 발표된 후부터 문학에 관심을 갖고, 그때부터 세계문학 전집 등을 탐독하게 되었다. 해방 후 6·25를 맞게 되어 18세 때 월남하여 여주북내초등학교에서 준교사직을 잠시 맡았다가 백마고지전투에 참전하게 되었다.

홍금자 선생님을 뵈면 언제나 소년 같은 느낌이 듭니다. 건강법에 특별한 비법이라도 있으신지요?

김광림 특별한 것은 없지만 늘 편안한 마음을 갖고 삽니다. 지금까지 살면서 특별히 아픈 곳 없이 지내는 것은 아마도 젊은 시절 군대 생활을 해서 단련된 것 같습니다. 6·25 전쟁 당시 백마고지전투에 소위로 참전해 산악을 날아다니듯 다녔으니까요. 지금까지 그 효력이 있는 것 같군요.

홍금자 여하튼 선생님은 남다른 건강을 지닌 분이십니다. 맑은 눈동자도 그렇고요. 언제 문단에 등단하셨는지요?

김광림 1948년 《연합신문》에 「문풍지」 「벽」 「석등」이 발표되면서부터입니다. 박남수 시인의 권유로 《문학예술》이란 잡지에 작품을 실었는데, 그때는 기성 시인으로 대우해서 발표되었습니다. 사실 특별한 추천을 거쳐 등단한 것은 아니지요.

홍금자 선생님은 우리 시단에 큰 몫을 지켜 나가고 계십니다. 요즘 일본에 다녀오셨다고 들었는데 무슨 일로 다녀오셨는지 물어도 되겠습니까?

김광림 저는 일본 문인들과 오래 전부터 교류를 갖고 있습니다. 1년에 3번 정도는 일본에서 초청하여 문학 강연을 합니다. 이번에도 그런 일로 다녀왔습니다.

홍금자 선생님은 시력 50년이 넘는 왕성한 작품 활동을 지금까지 하고 계신데 선생님의 시의 세계는 어디에 근원을 갖고 계신지요.

김광림 나의 시는 일상의 삶이 시적 세계로 옮아가는 겁니다. 그래서 특별히 시적 언어들이 연마되었거나 하지는 못합니다. 다만 시가 지닌 시력도 일상 언어들이 이뤄 낸 교감성에 기인된 것입니다.

홍금자 지금까지의 작품 세계를 분류하신다면 어떻게 나눌 수 있는지 간단하게 말씀 좀 해주세요.

김광림 14권의 시집이 있습니다. 자신의 작품을 논하기는 어렵지만 평론가에 의하면 이렇게 분류해 놓더군요. 첫 단계는 자신이 참전했던 전쟁 체험과 반전 의식을 다룬 『전쟁과 음악과 희망과』『상심하는 접목』의 세계. 둘째 단계는 서구 모더니즘에 경도되면서 이미지를 통한 명징한 세계를 탐구하여 보여준 『심상의 밝은 그림자』『오전의 투망』『학의 추락』의 세계. 셋째 단계는 일상 현실 속에서의 좌절과 갈등의 문제를 다룬 『갈등』『한겨울 산책』『언어로 만든 새』의 세계. 넷째 단계는 아이러니를 통해 현실의 본질을 탐구해 보여준 『바로 설 때 팽이는 운다』『천상의 꽃』『말의 사막에서』 등의 세계들로 분류해 놓았습니다.

홍금자 시집을 통해 분류하셨군요. 초기 시의 전쟁 이데올로기에 의한 시적 자아의 비극의 노래를 잠시 기억해 보고 싶습니다.

김광림 「노을」이란 시를 소개해 볼게요.

이미 한 점 찢어진 기폭처럼 표백한 나의 목숨 한 자락을 걸어 놓은 하늘 바탕에 또 하나의 殺戮처럼 번져 나가는 핏빛 저녁노을-, 심장을 떼어 맡기던 그때와도 같이 넋을 잃고 앉아서 지금은 장밋빛 입술에 아득히 맴도는 이름을 외우지 말자.

—「노을」 중에서

홍금자 가슴이 아픈 전쟁 시이군요. 선생님은 작품 발표를 언제쯤 가장 활발하게 하셨는지요?

김광림 사실 내가 문학에 적극적 관심을 갖게 된 것은 구상, 이중섭을 만나고부터인데 1954년 이후 전봉건, 김종삼과 합동 시집 『전쟁과 음악과 희망과』를 출간하면서 계속적인 시집 발간과 함께 시론집, 수필집을 냈습니다. 1990년대 중반까지는 지속적이었지요.

홍금자 선생님 오랜 시간 감사합니다.

함동선 시인을 찾아서

홍금자 선생님. 그동안 안녕하셨습니까? 사실 선생님을 가까이서 뵙는 것은 처음인 것 같습니다. 물론 문인들의 모임에서는 자주 뵈었지만-. 그래서 선생님에 관해선 솔직히 말해 잘 모르고 있습니다. 죄송합니다.

함동선 그럴 수 있지요, 문인들의 수가 워낙 많다 보니까 눈인사로 할 때가 많지요. 나는 홍 시인을 잘 알고 있는데……하하.

홍금자 바쁘신 중에도 이렇게 나와 주셔서 감사합니다. 선생님의 고향이 황해도 연백이라 들었는데 이번 추석 명절에도 그리움이 크실 것 같습니다.

함동선 네. 그렇습니다. 강화도에서 보면 우리 집이 보이지요. 눈앞에 보면서도 수십 년을 가보지 못하는 심정이 어떻겠습니까?

홍금자 그러시군요. 무척 안타까우시겠습니다.

함동선 어느 시인은 이런 말을 했습니다. "시인은 만들어지는 것이 아니라, 태어난다." 나의 경우는 고향이 나를 시인으로 태어나게 한 것 같습니다. 내 고향은 항해도 연백군 해월면 해월리 해월동입니다. 곡창지대인 연백평야에 광복과 함께 38선이 그어져 38선 이남의 가장 북쪽 접경지가 된 곳입니다. 6·25 전쟁 이후에 있었던 휴전협정 후 휴전선 이북의 미수복 지구가 되었지요. 이런 연유로 나의 본적은 일제강점기엔 황해도, 8·15 광복 후엔 경기도, 가호적은 서울특별시로 세 번이나 바뀌었습니다.

홍금자 선생님은 문학을 하게 된 특별한 동기가 있으신지요?

함동선 나는 둘째 형님(그 당시 해주동중에 다님)의 영향을 많이 받았습니다. 형님은 문학청년으로 많은 문학집을 탐독했고 시도 쓰셨는데 서른네 살 되던 해 공산군에 의해 총살당했습니다. 그리고 두 번째로 대학에서 만난 서정주 선생님의 영향으로 시를 썼지요. 당시 서라벌예술대에서 강의를 맡으셨던 미당 선생님의 영향은 시인이 되는 데 큰 영향을 주었습니다.

홍금자 선생님은 문학비에 관해 많은 관심을 갖고 열정적으로 일을 하셨다고 들었습니다. 주로 어떤 일을 하셨는지요.

함동선 제가 1960년대 중반부터 스크랩을 두는 습관이 있었는데 그때 마침 문학비에 관해 스크랩을 하게 되었습니다. 그래서 시비가 세워진 경위와 함께 시비의 내용에 관심이 생겼습니다. 여행하게 되면 문학비 답사가 제 목적이 되었지요.

홍금자 현재까지 몇 개나 찾아 내셨는지요.

함동선 350개 정도입니다.

홍금자 문학비 중 가장 잘되어 있는 것은 어느 것인지요.

함동선 문학비를 볼 때에는 먼저 시, 글씨, 조형미, 환경 등을 봅니다. 좋은 글과 글씨, 조각의 아름다움, 그것이 세워진 장소의 주위 환경을 봅니다. 이런 것을 통합해 볼 때 남산에 세워진 '소월 시비'가 으뜸이라 생각됩니다.

홍금자 이것은 무척 조심스런 질문입니다. 요즘 자신의 문학비를 세우는 분들이 무척 늘었다고 하는데 선생님 생각은 어떠신지요.

함동선 그렇습니다. 자비를 들여 시비를 세우는 경우가 있습니다. 시비는 돌아가신 분의 것을 그 후학들이 세우는 것이 옳은 일일 것 같습니다. 어떤 목적이 있어 살아 계신 분의 문학비를 다른 분들이 그분의 공적을 기리기 위해 세우는 일 말고는 살아 있는 분의 것은 너무나 어색한 일입니다.

성기조 시인을 찾아서

　　국제펜클럽한국본부 회장직을 맡고 계신 성기조 시인을 몹시 바람 부는 날 낙원동에서 만나 뵙게 되었다.

홍금자　올 들어 제일 춥다는 날인데도 불구하고 탐방에 응해 주셔서 감사합니다. 선생님은 문예지 《문예운동》 발행인이시기도 하시니 더욱 바쁘시겠습니다. 그동안 선생님의 작품에 대해서 요즘 나온 후배 문인들은 잘 모르는 사람이 많습니다. 다만 문단 경영에만 힘쓰고 계신 줄 아는 사람들이 있어서요.

성기조　그렇게 생각할 수 있지요. 1970~80년대에 나온 문인들은 더욱 그럴 겁니다. 저는 30여 년을 교직에 있었습니다. 한국교원대학교에서 정년퇴직했습니다. 지금까지 저는 130여 권의 책을 발간했습니다. 시집 20여 권을 비롯해 소설, 동화, 비평집, 번역서, 창작집 등이지요.

홍금자 근간에 나온 시집은 있으신지요?

성기조 요즘 시집 『겨울나무』를 출간했습니다.

홍금자 많은 작품집을 내셨는데 언제부터 문학 활동을 하시게 되었는지요?

성기조 1958년 동인지 《시와 시론》에 「꽃」을 발표하면서부터입니다.

홍금자 선생님은 시뿐 아니라 소설도 쓰셨다고 하셨는데 어떤 작품인가요?

성기조 시에서 말하지 못한 부분들을 소설로 썼습니다. 1970년대 『모독』이란 창작집을 비롯하여 1990년대 「북풍」이란 소설을 《충청일보》에 연재했었습니다.

홍금자 《시와 시론》의 동인이었다고 하셨는데, 어떤 분들과 동인 활동을 하셨는지요?

성기조 김관식, 박화목, 이성교, 최인희, 한무학…… 등이었습니다.

홍금자 동인지 《시와 시론》에 대해 좀 더 자세하게 말씀해 주세요.

성기조 제가 나이 20대에 유치환 선생님을 만났습니다. 그 당시 문덕수, 정재완, 이석 등과 함께 문학 그룹 활동을 하면서 사실 본격적인 문학 수업을 했습니다. 《시와 시론》은 동인지이면서 전후 시대에 대한 실존과 허무, 전쟁과 문학에 대한 비평, 단편소설, 시 등을 실어 문단에서 주목을 받았었습니다.

홍금자 그러면서《시와 시론》은 오늘날 동인지의 모태 역할을 한 셈인가요?

성기조 그렇다고 볼 수 있습니다. 그 후 동인지가 활성화되었으니까요.

홍금자 문학을 하게 된 특별한 동기가 있으신지요?

성기조 어렸을 때 아버님께 스케이트를 사 달라고 하자 스케이트는 다치기 쉬우니 책을 읽으라고 하시면서 동화책을 사다 주셨습니다. 그때부터 읽기에 흥미를 가지게 되었지요. 중학교에 입학하자 세계문학 전집 36권짜리가 나왔는데, 중학생 때 그것을 모두 탐독하게 되었습니다. 그 후 청소년기에 많은 습작 생활을 했습니다. 그리고 내가 해야 할 일은 문학밖에 없다고 생각하고 인생의 목표를 문학으로 정하게 되었습니다.

홍금자 문단 생활 중 가장 기억에 남는 시기는 언제였습니까?

성기조 1960~70년대에 문인들(이범선, 주태익 등)과 종로에 있는 디즈니, 전원 다방을 드나들면서 문학에 대한 열정으로 살았던 때였습니다. 그때는 문인들과의 끈끈한 정이 있었고 선후배 간의 철저한 예의와 정이 깊었습니다.

홍금자 요즘 문단에서의 선후배 관계를 어떻게 보시는지요?

성기조 시대가 변해서인지는 모르겠지만 이 시대는 선후배 간의 관계가 없다고 하는 게 맞을 겁니다. 문인 수가 많은 탓도 있겠지만 진정한 선후배 간의 인간애를 찾아보기 힘든 때입니다. 이래서는 안 되는데―.

홍금자 국제펜클럽 한국본부 회장직을 맡고 계신 동안 꼭 하시고자 하는 일이 있으신지요?

성기조 꼭 이루고 싶은 일이 있습니다. 첫째는 번역 문학에 역점을 두어 우리 문학을 외국에 많이 알리고 싶습니다. 둘째는 모국어 문학을 하고 있는 재외 문인들과 우리 문단을 연계시켜 그들이 소외되지 않고 모국어로 문학을 발전시키는 일에 전념하도록 힘을 실어 주고 싶습니다. 그래서 러시아, 연변, 미국에 펜 회지를 만들었습니다. 셋째는 우리 문학사를 체계적으로 정립시키고 싶습니다. 문학성이 뛰어난 작품들을 모아 통일 후에도 읽힐 수 있는 작품들을 정리해 놓아야 되리라 생각이 들었습니다.

홍금자 오랫동안 감사합니다. 선생님의 계획이 뜻대로 이뤄지시길 바랍니다.

겨울나무

나무는 마른 잎새를 훌훌 털고
저 혼자 서 있다가
매서운 북풍에 뺨 맞고
눈꽃만 머리에 이고 있었다.

눈꽃의 아름다움 때문에 나무는

어깨춤 추다가 가슴을 열어

바람을 마셔대고 있었다

봄이 오는 소리가

눈 속에서 들려왔다

이경희 시인을 찾아서

언제나 따스하고 사랑스러운 미소의 시인. 특히 후배 문인들에게는 더할 수 없이 다정다감한 이경희 시인을 만났다. 녹색으로 물드는 계절의 어귀에서 만난 시인은 여전히 웃음기 어린 얼굴로 맞아 주었다. 정답고, 따뜻하며 그리고 잔잔한 목소리는 혈연의 정을 느끼게까지 하였다.

홍금자 좀 상투적인 질문이긴 하지만 선생님은 언제부터 문학을 하셨나요.

이경희 내가 16세 되던 해에 6·25 전쟁을 경험하게 되었습니다. 그때 나는 인간의 한계와 무력함과 허무를 느끼게 되었어요. 인생의 삶과 죽음에 대해서도 깊이 생각했고요. 그런 생각은 전쟁을 겪은 소녀에게는 당연한 일이기도 했지만요. 그러다 보니 책을 가까이하게 되었고, 그중에서도 감수성이 강한 시를 많이 접하면서 습작도 하게 되었지요. 당시 경기여

중·고 4년이었는데 그 후 환도가 되고 폐허의 거리 종로에 있던 음악 감상실 르네상스의 구석 자리는 사춘기의 정신적 방황을 멈추게 하는 장소가 되었던 것 같습니다.

홍금자 전쟁 때에도 퍽 낭만이 있었던 것 같은데요. 그때 그 시절 얘기도 전해 주세요.

이경희 맞아요. 퍽 낭만이 있었습니다. 정신적, 물질적으로 무척 어려운 때였지만 우린 그것을 고통으로 여기지 않았으니까요.

홍금자 그때에 만났던 분들 중 자주 만났던 분이 있으신지요?

이경희 전쟁 후 학교를 마친 내가 홍대 도서관에 근무하고 있었을 때에는 동생 친구인 김영태 시인과 종종 만나서 마포에 있는 와우산을 넘어 신촌까지 걸으며 문학과 그림 얘기들을 나눴습니다. 걸으면서 석양이 우리들 모습을 두 배의 그림자로 길게 드리울 때는 정말 아름다웠습니다. 그것을 보면서 '내 꿈도 저렇게 몇 배의 크기로 이루어졌으면 좋겠다'고 생각했었지요.

홍금자 선생님은 어떻게 시인의 길로 접어들게 되셨나요?

이경희 박남수 선생님의 추천으로 등단하게 되었습니다. 1963년 《한국일보》에 신록 여류시로 「분수 I」 「길」 등을 박 선생님이 뽑아 주셨지요.

홍금자 박남수 선생님은 그때 처음으로 만나셨는지요?

이경희 아닙니다. 박 선생님을 처음 뵙게 된 것은 지금의 스카라 극장 건너편쯤 '문학예술사'라는 출판사에서였습니다. 그때 김영태 시인과 찾아뵈러 갔을 때 처음 만난 우리에게 선생님은 하시던 일을 미뤄 놓으시고 과묵하셨지만 퍽 편안하게 대해 주셨어요. 저는 박남수 선생님의 시를 그 당시 무척 좋아했었지요. 그러다 보니 선생님의 그 모습과 생각을 통해 나 자신도 시인처럼 살 수 있도록 배우고 싶은 생각이 많았었습니다.

홍금자 등단할 때 문학 수업을 받으셨는지요?

이경희 내가 어려서 살던 곳이 서울 혜화동 로터리 근처였습니다. 그 당시에는 성균관대학 입구에 명륜서림, 혜화동 로터리에 지금도 있는 동양서림이 있었습니다. 두 서점을 오가며 세계문학 전집을 한 권 두 권 사서 읽는 즐거움으로 소녀기를 보냈습니다. 문학 수업은 따로 받은 적이 없지만 박남수 선생님이 근무하시던 '문학예술사'로 찾아가 뵙고 그 선생님께 시에 대한 애기를 들으며 그분의 시를 많이 읽었습니다. 그리고 삶에 대한 회의와 허무에 빠졌을 때 시가 나를 구원하는 유일한 통로였다고 생각합니다.

홍금자 '청미' 동인 활동을 해 오셨는데, 그때 상황을 말씀해 주서요.

이경희 1963년 김후란 시인을 통해서 '청미' 동인들과 힘께 문학 활동을 하게 되었습니다. 김남조 선생님께서 우리에게 '돌과 사랑'이란 이름을 지어 주셨는데 그 후 다시 '청미'란 이름으로 바꿔 부르게 되었어요. 회원들의 모든 의견으로 이름을 짓게 되었는데, 지금 기억으로는 영국에 '푸른 양말'이란 그룹 이름이 있었는데, 우리는 '푸른 눈썹'이 좋을 것 같다는 회원들의 의견이 일치하여 명명하게 되었습니다. '영원히 아름답고, 젊은'의 의미를 지녔습니다. 당시에는 김후란, 김선영, 김혜숙, 김여정, 박영숙, 이경희, 임성숙, 추영수, 허영자가 회원이었는데 김숙자, 박영숙(재미), 김여정 시인은 중간에 탈퇴하여 현재까지 7인이 이어져 왔습니다. 35주년 때에 『청미 전집』을 내고 그 후부터는 동인지는 묶지 않고 영원한 우정만을 나누는 동인이 되었습니다.

홍금자 살아오시는 동안 가장 하고 싶으셨던 일은?

이경희 책을 그리워하고 읽고 싶은 오지(奧地)의 아이들에게 도서실을 만들어 주고 그들과 함께 벗하며 살고 싶은 것이 내가 소망했던 꿈이었습니다. 아직 이루어지진 않았지만 그 꿈은 이 순간에도 유효합니다.

홍금자 선생님. 오랜 시간 감사합니다. 그리고 지금도 유효한 그 꿈을 이루시기 바랍니다.

《시마을》에서 처음으로 소설가를 모셨다. 지난 한 해 동안 몸이 불편하서 치료를 받으시느라 문단 모임에 두문불출하시다가 이제 완쾌되어 기쁜 마음으로 탐방에 응해 주셨다.

홍금자 선생님을 지난해 문단 모임에서 전혀 뵙지 못해 무척 안타까웠습니다. 요즘 건강은 어떠신지요?

구혜경 보시다시피 이렇게 건강해졌습니다. 작년 일 년 동안은 무척 힘든 한 해였습니다. 임파선에 이상이 생겨 수술을 받았습니다. 다행히 완쾌돼서 이렇게 만나게 되었습니다.

홍금자 참 다행입니다. 건강하시고 전보다 더 예뻐지셨습니다. 선생님 환한 모습 뵈니까 온 세상이 밝아진 것 같습니다. 혹시 피곤하실지 몰라 몇 말씀만 여쭙겠습니다. 선생님이 문학에 전념하실 때는 시기적으로 언제쯤 되시는지요?

구혜경 내가 문학을 본격적으로 한 것은 6·25 전쟁 전후입

니다. 1955년 《사상계》에 단편 「안개는 걷히고」가 당선되면서
입니다.

　　홍금자　처음부터 선생님은 소설을 쓰셨는지요?

　　구혜경　아닙니다. 내가 여학생 때부터 글을 쓰게 되었는데
그때는 시를 썼습니다. 나는 부친이 공무원인 관계로 초등학
교를 졸업할 때까지 10번쯤 전학을 다녔어요. 전학을 다니면
서도 학교마다 적응을 잘하게 된 것은 작문 시간에 글을 잘 썼
다고 선생님께 칭찬을 받았기 때문입니다.

　　홍금자　선생님은 천성적으로 문학성을 갖고 태어나셨나 봅
니다. 선생님이 학교 다니실 때는 일제강점기일 것 같은데 일
본어로 쓰셨겠습니다.

　　구혜경　그래요. 내가 1946년 중학교 3학년이 되어서야 처음
으로 모국어를 배우게 되었습니다. 그동안에는 모두 일본어를
사용했지요.

　　홍금자　모국어로 처음 쓰신 작품은 어떤 것이었습니까.

　　구혜경　처음엔 많은 어휘를 알지 못해 동시를 쓰게 되었는
데, 당시 《강원일보》에까지 나오게 되었습니다.

　　홍금자　혹시 어떤 작품인지 기억나세요?

　　구혜경　네. 처음 모국어로 쓴 시이기 때문에 기억합니다.
「맑은 흰샘가로」입니다. 지금 말로 한다면 '맑은 물가로' 입니
다. 내가 춘천에서 학교를 다녔기 때문에 늘 물과 함께한 생활
이어서 나는 호수, 샘, 강, 바다를 좋아합니다.

홍금자 그러면 선생님은 이때부터 시인이 되셨네요? (웃음)

구혜경 그렇다고 할 수 있지요. 춘천에 방송국이 이 무렵에 생겼는데 방송국에 가서 시 낭송도 많이 했지요. 춘천여고 시절부터 대학생들과 동인 활동을 했습니다. '시탑', '팔월' 등의 동인 활동을 활발하게 하면서 한때는 공산당 이론에 매료되기도 했었는데, 6·25 전쟁을 치르면서 그것이 얼마나 허무맹랑한 허구인가를 깨닫게 되었습니다. 더군다나 부친께서 납치되면서부터 인간의 존엄성이나 자유의 상실로 인해 마음 고생을 많이 했습니다.

홍금자 소설 「안개는 걷히고」가 《사상계》에 추천 당선되셨다고 했는데, 어느 분의 추천이셨는지요?

구혜경 그때는 내가 숙대에 다니고 있었는데 이무영, 백철 선생님이었습니다. 사실 이 작품은 《조선일보》 신춘문예에 투고했던 작품이었는데, 거기엔 안 되고 《사상계》로 나오게 되었습니다. 그 때 당시엔 한글로 원고를 써야 했는데, 한문과 우리말이 혼용되고, 또 한 가지는 전후파의 기질은 문단에서 배척할 당시이기 때문에 《조선일보》에서는 뽑지 않은 것 같습니다.

홍금자 그 후 지금까지 선생님은 소설만 쓰셨는데 꼭 그럴 이유가 있었는지요?

구혜경 사실 내가 집안의 가장 역할을 해야 하기 때문에 계속 소설을 써서 집안의 경제를 꾸려 나갔습니다. 쉬지 않고 각

신문에 연재는 물론, 졸업 후 잠시 《한국일보》에 몸을 담았다가 모교에서 학교 신문을 맡아 달라는 권유로 학교에 남아 교수 생활을 했었습니다.

홍금자 생활과 문학의 중간에서 갈등도 있으셨을 텐데…….

구혜경 무척 갈등했습니다. 그러나 이 모두가 나의 숙명이라고 받아들였습니다.

홍금자 요즘 작품 쓰시는 것이 있으신지요?

구혜경 호수를 중심으로 하는 작품을 쓰고 있습니다. 6·25 전쟁의 전후 세대가 겪는 것을 중심으로 해서 쓰고 있는데 곧 나올 것 같습니다.

홍금자 선생님. 오랜 시간 동안 감사합니다. 오래오래 건강하시길 바랍니다.

홍승주 선생님을 찾아서

　초가을, 황금 들녘과 부시도록 파란 하늘이 있어야 할 자리에 때 아닌 태풍 '매미' 의 잔혹한 소용돌이 속에서 우린 지금 신음하고 있다. 국토의 구석구석으로 전염병처럼 상처가 터지고 실의에 빠진 가슴들이 따뜻한 손길과 위로를 기다리고 있다.

　홍금자　같은 성을 가진 선생님을 뵈니 더욱 반갑고 친근감을 느낍니다. 문협(전 부이사장) 실무에서 일하실 때 뵙고 오랫동안 뵙지 못한 것 같습니다.

　홍승주　네. 그렇습니다. 마치 누이를 만난 기분입니다. 또 그렇게 가까이 생각하기도 했었지요. 그리고 요즘은 문인들의 모임엔 참석을 못했습니다. 작품 정리와 또 신작들을 쓰고 있기 때문입니다.

　홍금자　선생님은 미인과 포수, 산삼으로 유명한 강계가 고

향이라 들었는데, 그래서인지 선생님 역시 미남이십니다. (웃음)

홍승주 고맙습니다. 본래는 충청도 제천에서 낳았는데 부친께서 3·1 운동 직후 만주로 가시려다 강계에 정착하시게 되었습니다. 그곳에서 초, 중 사범학교를 다녔지요. 소년기와 청년기를 보냈습니다.

홍금자 선생님은 언제부터 문학을 하시게 되었는지요? 그리고 특별한 동기라도 있었는지요?

홍승주 꼭 언제부터라고 말하긴 어렵지만 중학생 때쯤부터 무척 시를 좋아해서 습작을 많이 하게 되었습니다. 열여섯 살 때쯤 동인 활동을 시작했습니다. 학교 친구들과 '6·3' 동인이라 해서 12명이 책도 냈었습니다.

홍금자 그러면 선생님은 청년기에 들면서부터 본격적인 문학 활동을 하셨을 텐데, 혹시 그때 재미있는 일화라도 있으면 말씀해 주세요.

홍승주 소년기부터 시를 써서 여학생들에게 편지 속에 시도 많이 보냈었지요. 특히 지금도 허망함이 가슴속 큰 웅덩이처럼 남아 있는 사건이 있습니다. 내가 사범대학교를 졸업하고 초등학교에 발령을 받기 전 일인데 같은 학교를 다녔던 여학생이 있었습니다. 내가 무척 좋아했었지요. 그런데 나의 발령지는 제일 좋다는 남산초교였고, 그 여학생은 변두리 초등학교였습니다. 나는 그 여학생과 함께 근무하고 싶어서 교육장에게 부탁해 변두리 학교로 발령을 받았습니다. 그런데 그 학교에 가서 보니 동명이인으로, 내가 사랑했던 그 여학생이 아니었습니다. 그때의 그 실망감은 지금까지 허망감으로 가슴에 내려앉습니다. 결국 1년 후 그 학교를 그만두었습니다.

홍금자 무척 실망이 크셨겠습니다. 지금까지도 그 생각으로 가슴이 내려앉는다고 하시니-. 그 후 그 여학생은 못 만나 보셨나 보지요?

홍승주 그렇습니다. 곧 6·25 전쟁이 터지고 부산으로 피난 도중 군대에 입대하게 되었습니다. 군에서는 내가 '시'를 쓰는 사람이라 해서 정훈부에서 발행하는 《진격》이란 잡지의 편집장을 하게 되어 비교적 편히 군 복무를 마쳤습니다.

홍금자 선생님은 문학 장르 전반에 걸쳐 작품을 쓰셨는데 맨 처음 문단 등단은 어떤 작품으로 하시게 되었는지요?

홍승주 먼저도 말했듯이 소년기부터 시를 썼습니다. 서울에 올라와서 경희대학교 국문과에 입학하면서 조병화 시인을 만났고, 또 '시'를 본격적으로 썼습니다. 조병화 선생님의 사랑을 무척 받았는데, 또 희곡을 하시던 김진수 교수님께서 희곡을 써 오라는 숙제를 주셔서 썼던 작품 「흔들리는 나상」이 1959년 《자유문학》에 당선되면서 희곡작가가 먼저 되었습니다. 그러나 '시'의 끈은 놓지 않고 작품을 썼습니다. 1963년 조병화 선생님의 권유로 첫 번째 시집 『비와 눈이 한꺼번에 쏟아질 때』를 출간하게 되어 시인의 반열에 서게 되었습니다.

홍금자 선생님은 한꺼번에 희곡작가요, 시인이 되셨습니다. 희곡을 쓰시면서 시를 쓸 때 특별히 어려움은 없으신지요?

홍승주 저는 희곡과 시는 한 맥락이라고 생각합니다. 장르적으로 전혀 다를 것 같지만 희곡은 시를 모르면 쓸 수 없는 문학이라고 생각합니다. 대사 한 구절 한 구절이 시와 어우러져야 한다고 생각합니다.

홍금자 그 후 소설, 수필, 콩트 등을 다 섭렵하셨는데 선생님은 문학에 남다른 애정과 부지런함을 갖고 계신 것 같습니다. 선생님은 전반적인 문학가의 이름을 가지셨는데 문학 중 가장 아끼고 마지막까지 놓고 싶지 않은 장르가 있다면 어느 것인지요?

홍승주 솔직히 난 마지막엔 시인으로 남고 싶습니다. 시는 내 마음의 고향이니까요. 그리고 또 내 사랑하는 아내를 만난 것도 늘 '시'를 써서 보낸 연서의 덕택이니까요. (웃음)

홍금자　선생님의 문학에 흐르고 있는 정신을 말한다면 어떻게 말씀하실 수 있는지요.

홍승주　내 문학에 기조를 이루고 있는 것은 고향에 대한 무한한 그리움과 고독, 그리고 이들에 대한 갈망입니다. 또한 인도주의, 자연주의에 뿌리를 갖는 문학 정신입니다.

홍금자　선생님 오랫동안 감사합니다. 혹시 지금 구상하고 계신 작품이 있으시다면 말씀해 주세요. 그리고 선생님의 좌우명이 있다면-.

홍승주　내년이 결혼 생활 50년 금혼식입니다. 그래서 시집을 내려는데 제목을 먼저 정했지요. 『나는 피난민이다』로 책 이름을 정해 놓고 있습니다. 좌우명이라면 이 말을 하고 싶습니다.

성실과 진실.
그것은 나의 전부요, 문학의 생명이다.

2003년 끝 목에서 원로 작가 박순녀 선생님을 뵈었다. 단아한 자태 속에 수줍음 같은 미소가 여성스러움을 더해 주었다. 작품 『숲 속에서 가슴속에』 『어떤 파리』 『칠법전서』 『시간의 기둥』 등 단편집 4권, 장편 8권이 발표되었다.

홍금자 선생님 오랜만에 뵙습니다. 요즘 갑자기 추워진 날씨에 뵙자고 해서 혹시 감기라도 들으실까 걱정이 됩니다.

박순녀 갑자기 추워졌군요. 코트를 두껍게 입고 나와 생각보다 춥지 않습니다.

홍금자 선생님 고향이 함경남도라고 들었습니다. 언제쯤 내려오셨는지요.

박순녀 네. 함경남도 함흥이 고향입니다. 실향민이지요. 그곳에서 함남여고를 졸업하고 해방되자 곧 남한으로 내려왔습니다.

홍금자　이곳에 오셔서도 계속 공부를 하셨다고 하셨는데, 그때부터 문학 공부도 하셨는지요?

박순녀　서울에 와서 서울사대 영문과에 입학했습니다. 그때는 문학을 좋아했지만 정식으로 문학 공부는 못했습니다.

홍금자　그러면 영어는 아주 잘 하셨겠네요? (웃음)

박순녀　영문과를 다녔지만 영어를 잘하지 못합니다. 시험을 치러 졸업하기 위한 공부만 조금 했지요. (웃음)

홍금자　번역 일도 많이 하셨다고 했는데, 그러면 어떻게 하셨는지요?

박순녀　번역은 영어로 된 책이 일어로 번역된 것을 제가 우리말로 다시 번역하는 것으로 했습니다. 즉 일어 번역을 한 것입니다.

홍금자　그러면 선생님께선 언제부터 본격적인 문학을 하시게 되었는지요.

박순녀　먼저 얘기했듯이 늘 마음엔 소설을 쓰고 싶었습니다. 초·중·고 시절에 늘 선생님들께서 글을 잘 쓴다고 칭찬을 해주셨습니다. 피난 시절 주간 신문 《기자 생활》을 잠시 한 적이 있습니다. 처음에 《경향신문》 신춘문예에도 응모한 적이 있었지만 낙선이었지요. 그 후 부산에서 동인지 『갈숲』이 발간될 때 서울의 송원희 소설가와 함께 동인 활동을 했습니다.

홍금자　처음 발표된 작품은 어떤 것이 있었나요?

박순녀　1960년도 《조선일보》 신춘문예에 가작으로 입선되었습니다. 작품은 「케이스워커」였습니다. 외국으로 입양 가기 전 아이들을 돌봐 주는 사람들의 이야기입니다.

　　홍금자　다른 문인들이 통상 문예지를 통해 많이 문단에 등단하셨는데, 선생님은 신춘문예로 나오셨네요.

　　박순녀　1962년 《사상계》에 「아이 러브 유」가 또 가작으로 뽑혔습니다. 계속 가작으로만 나온 셈입니다. (웃음)

　　홍금자　작품 제목이 모두 외래어로만 되어 그런 것 아닌가요? (웃음) 영문학을 하신 이유에서인 것 같습니다. (웃음) 선생님의 작품 내용은 평론가들에 의하면 선생님 자신의 모습을 주인공으로 삼았다는 말을 합니다. 맞는지요.

　　박순녀　우리 세대는 격렬한 한국 현대사 속에 살아왔습니다. 일제강점기의 억압 시대를 거쳐 6 · 25 전쟁으로 인한 남북 분단, 그리고 전후의 혼란과 빈곤의 소용돌이 속에서 한 작가가 염원하고 존재해야 하는 이유를 자신을 통해 작품으로 나타냈기 때문이지요.

　　홍금자　요즘 쓰고 계신 작품은?

　　박순녀　내년에 낼 작품을 쓰고 점검하고 있습니다. 신작 중편을 쓰고 있는데 제목은 비밀입니다.

　　홍금자　선생님께서 작품 생활을 하시면서 이런 작품은 꼭 쓰고 싶다는 작품이 혹시 있으신지요.

　　박순녀　아직 쓰진 못했지만 꼭 쓰고 싶은 것이 있지요. 오빠에 대한 내용인데 꼭 쓰고 싶어요. 사실 오빠의 특별한 삶, 즉 가족사에 대한 이야기예요. 우린 7남매였어요. 그중 나는 해방 직후에 남한으로 내려왔었고, 아버지, 오빠와 남동생은 1·4 후퇴 때 내려오셨는데 유일하게 여자 형제 중 혼자 내려왔지요.

홍금자 이산의 아픔을 갖고 계시군요. 선생님이 쓰시고자 하는 작품 꼭 이루시길 기원합니다.

신달자 시인을 찾아서

단발보다 약간 긴 듯한 웨이브 머리형이 봄 날씨와 잘 어울렸다. 인사동 초입 찻집에서의 만남이 오래된 지인의 만남처럼 정겹고 편안한 마음을 주었다.

홍금자 날씨가 많이 따뜻해졌습니다. 완연한 봄인 듯싶습니다. 하기야 계절이 그러니까요. 강남에서 오시느라 힘드셨지요?

신달자 좀 멀기는 하지만 늘 다니는 길이니까요. 반갑습니다.

홍금자 우리 《시마을》지는 지면이 시골집 봉당만한 것 아시지요? 그래서 몇 가지만 대담으로 이어가겠습니다. 거창이란 시골에서 태어난 소녀가 서울까지 올라와서 문단에 등단해 문학의 길에서 빛을 발하고 계신데 혹시 문학의 길로 들어서게 된 특별한 동기가 있으신지요?

신달자 그렇습니다. 거창이란 경상도 시골에서 태어나 그곳에서 중학교를 마치고 고등학교 때 부산 남성여고로 전학하게 되었습니다. 여고 1학년 때 '경남 문예 백일장'이 있어 학교 대표로 두 사람이 뽑혔는데, 저도 그중 한 사람으로 나가게 되었습니다. 그때 심사위원으로 이형기, 박재삼 두 분 시인이 심사하게 되었습니다. 그 당시에는 특기생으로 서울에 있는 원하는 대학에 입학할 수 있었습니다. 아버지의 권유로 숙명여대에 입학하게 되었습니다. 그때부터 저는 문학의 대선배이자 교수이신 김남조 시인을 만났고, 또 잊지 못할 분들을 많이 만나게 되었습니다. 지금은 작고하신 분들도 계시지요. 곽종원, 안수길, 박목월 선생님 등. 그리고 허영자, 유안진 등 많은 분들과의 교류로 문학과는 끊으려야 끊을 수 없는 인연을 갖게 되었습니다.

홍금자 언제쯤 문단에 등단하시게 되었는지요?

신달자 전봉건 시인이 하시던 잡지 《여상》에 「환상의 방」이란 작품으로 '여류시인문학상'을 타게 되었고, 그때부터 저는 시인이란 칭호를 얻게 되었습니다. 그러나 졸업 후 연애, 결혼으로 문학과 인연을 끊다시피 했었는데 박목월 선생님께서 다시 문학에 대한 힘과 용기를 주셔서 1969년에 시작해 1972년에 천료한 《현대문학》으로 재등단을 하게 되었습니다. 그때 작품이 「발」「처음 목소리」였습니다.

홍금자 결혼이 문학의 길에 잠시 걸림돌이 되셨군요. 선생

님은 사실 시인이면서도 수필
은 물론이요, 소설가의 노정
에서도 부지런하게 창작 활동
을 하셨는데 힘드신 부분은
없으셨는지요.

신달자 산문과 소설 등 많은
글을 쓴 때가 1980년대 말부
터 1990년대 초였습니다. 그
당시 문인들에겐 시대적 요구
였다고 생각합니다. 독자들은
신문이나 소설에 위로를 받고
싶은 목마름이 있었고, 또한
각 회사에선 사보들이 쏟아져
문인들에게 글을 요구했습니
다. 문예지 원고료보다 몇 배

나 많은 원고료를 주었으니까요. 자연스럽게 문인들은 사보에
많은 산문과 시를 쓰게 되었지요. 소설 또한 그때 썼습니다.

홍금자 문단 생활 중 가장 기억에 남는 일이 있으신지요.

신달자 내 기억 속에 각인된 일은 결혼과 함께 문학과는 거
리가 먼 생활을 하고 있을 때였습니다. 그때 박목월 선생님께
서 나에게 힘과 용기를 주시며 문학에 대한 불을 다시 지펴 주
셨습니다. 이 일은 영원히 잊지 못할 것입니다.

홍금자 문학을 하면서 혹시 후회해 본 적은 없으신지요?

신달자 후회는 없었습니다. 문학 그 자체가 행복이었고 내 삶의 전부였으니까요. 아마 문학이 마라톤으로 결승점에 이르러야 한다면 나는 목숨을 걸고 달렸을 것입니다. 생명을 걸었을 겁니다. 지금도 마찬가지 생각입니다.

홍금자 선생님은 시의 본질이 무엇이라 생각하시는지요.

신달자 시의 본질은 한마디로 '인간의 진실' 에 있다고 봅니다. 진실이란 것은 깊이 있어 보이지 않을 때도 있지만 그 모든 것이 자연과 사물 속에 존재해 있는 것이지요. 그러기에 우리가 노래하고 있는 것은 모두 인간과 연계되어 있다고 봅니다. 소외된 것에 생명을 불어 넣는 일, 내 안에 잠자고 있는 것을 흔들어 깨우는 일, 또한 기억되지 않고 내 안에 깊이 매몰되어 있는 것들을 다시 불러내는 일들이라고 생각합니다.

홍금자 자신의 작품 세계를 말한다는 것은 좀 어려운 일이긴 하지만 간단히 말씀해 주세요.

신달자 내 삶의 터전, 즉 모든 것과의 방향을 정해 관계를 맺어 내 삶의 영역을 넓혀 나간다고 말하고 싶습니다. 꽃을 대상으로 할 때 내 진실을 밝히기 위해 꽃이란 자연을 빌려와 나의 세계를 넓혀 나가는 것입니다.

홍금자 오랜 시간 감사합니다.

신달자 잡지 하느라 힘들겠지만 좋은 책 오래오래 볼 수 있길 바랍니다.

이철호 소설가를 찾아서

태풍 '디앤무'가 다행히 한반도를 비켜 갔지만 비가 간간히 내리는 화요일 오후. 이철호한의원을 찾았다. 늘 반듯한 옷차림에 그만의 특유한 웃음으로 반갑게 맞아 주었다.

홍금자 바쁘신 중에도 시간을 내주셔서 감사합니다.

이철호 오신다고 해서 특별히 이 시간을 비워 두었습니다. 반갑습니다.

홍금자 한의원 원장이시면서 소설가이며 수필가이시기도 하신데 어떻게 글 쓸 시간을 내셨는지 궁금합니다. 더구나 대하소설을 비롯하여 지금까지 무려 60여 권의 책을 내셨다니 놀랍습니다.

이철호 의사는 늘 공부하는 사람입니다. 환자가 빈 시간이나 쉬는 시간엔 꼭 책을 읽거나 글을 씁니다. 가장 책과 가까울 수 있는 직업이 의사인 것 같습니다.

홍금자 선생님은 언제 문단에 등단하시게 되었는지요.

이철호 1962년 《문예》라는 잡지에 단편소설 「전 간호원」으로 등단했습니다.

홍금자 선생님은 많은 수필도 쓰셨는데 소설을 쓰게 된 특별한 동기라도 있으신지요?

이철호 좀 긴 이야기가 될 것 같습니다. 저는 한때 지역사회를 위해 정치인의 길을 걸었습니다. 그때 갑자기 과로로 쓰러져 병원으로 옮겨 진찰 결과 '백혈구 감소증' 이란 병을 얻게 되어 시한부 삶을 살게 되었습니다. 그때 생각해 낸 것이 내가 한의사인데 한약으로 치료해 보겠다는 생각으로 몰래 병원을 나와 집에도 알리지 않고 강원도로 가서 한약재를 구해 처방하여 치료하면서 나중에는 독사 쓸개 같은 것도 먹었습니다. 그리고 공기 좋은 사찰들을 찾아 전국을 돌았습니다. 그 후 놀랍게도 몸이 호전되어 다시 병원으로 가서 진단해 본 결과 병이 나았다는 진단을 받아 지금까지 건강하게 살고 있습니다. 병이 호전될 때부터 내가 이 세상에 나와 무언가 흔적을 남기고 싶어 글을 쓰기 시작한 것입니다. 그때부터 문인들과 교류를 갖게 되었고 문단 활동에도 적극적이었습니다.

홍금자 첫 소설집은 언제쯤 나왔습니까?

이철호 1972년 『야누스의 고뇌』가 출간되었습니다.

홍금자 선생님은 방송에서도 많은 작품들이 소개되었는데 그중에도 대하소설 『태양인 이제마』가 인상적이었습니다. 간단하게 내용을 설명해 주세요.

이철호 TV 미니 시리즈로 많은 작품들이 선보였지만 그중 『태양인 이제마』는 3권으로 돼 있습니다. 사상의학으로 널리 알려진 이제마 선생의 생애를 소설로 옮긴 책입니다. 사실적 기록을 바탕으로 해 내 자신의 한의학 지식과 문학적 상상력을 곁들여 흥미 있게 전개한 책입니다. 서얼 출신의 이제마는 열세 살의 어린 나이에 신분제도의 모순을 느껴 집을 나와 세상을 떠돌다 의서와 주역을 탐독하면서 의술인의 길을 걷게 됩니다. 병자의 체질에 맞춰 사상의학의 기틀을 닦은 동시에 자신의 불꽃같은 삶과 스승 산운거사와 정신적 반려자 설화의 등장으로 소설적 재미를 느끼게 썼습니다.

홍금자 선생님은 문학뿐만 아니라 의사로서 돈이 없어 제때 치료받지 못하는 사람들을 위해 무료 진료를 하셨다고 들었습니다. 얼마 동안 하셨는지요?

이철호 부끄럽습니다. 좀 전에 얘기했듯이 병을 얻으면서 신과 약속을 했습니다. 내가 다시 살 수 있다면 남을 위해 헌신하는 생활을 하겠다고 했습니다. 그래서 건강을 얻은 후 달동네를 일주일에 한 번씩 찾아다니며 10여 년간 무료 진료를 했습니다. 많은 보람이 있었습니다.

홍금자 앞으로 꼭 하고 싶은 일이 있다면 무엇입니까?

이철호 문인들의 공익 증진을 위해 일해 보고 싶습니다. 문인들의 위상을 높이고 문인들의 사회적 몫을 찾고 싶습니다.

그리고 마지막으로 꼭 하고 싶은 것은 '시'를 쓰고 싶습니다. 시인으로 남고 싶은 게 꿈입니다. 하하-.

　　홍금자　참으로 욕심이 많으십니다. 기대해 보겠습니다. 요즘 쓰고 계신 작품이 있으신지요?

　　이철호　내년 초에 출간될 장편소설을 퇴고 중입니다. 그리고 한 달 후면 『낭송 낭독 어떻게 할 것인가』라는 책이 나옵니다.

　　홍금자　오랫동안 감사합니다.

이번호에는 특별히 전옥주 희곡작가를 찾았다. 여성 작가들에게는 그리 흔하지 않은 문학 장르이기에 작가 수도 그리 많지가 않다. 물론 드라마 작가로는 젊은 여성 작가들이 많이 있지만 순수문학으로는 적은 수가 현재 활동하고 있다. 무섭도록 찌던 더위도 한풀 꺾인 듯하다. 조용한 남산 자락에 자리한 '문학의 집·서울'로 전옥주 님을 뵈러 갔다.

홍금자 안녕하세요? 올 더위는 가히 살인적인 것 같은데 어떻게 더위를 넘기셨는지요?

전옥주 무척 더웠습니다. 그런데 이곳은 산이 있어 그런지 다른 곳보다는 좀 나은 것 같았습니다. 보시다시피 이렇게 건강하지 않습니까? 하하.

홍금자 건강해 보이시니까 기쁩니다. 이렇게 시간도 내주셔서 감사합니다. 선생님은 다른 작가들이 별로 선호하지 않는 장르를 선택하셨는데 특별한 계기라도 있으신지요?

전옥주   네, 저는 중·고등학교 때 연극반에서 연극을 많이 했었습니다. 그러다 보니 자연스럽게 희곡에 관심을 갖게 되었고, 또 자신이 쓴 작품을 연출, 출연을 했었습니다. 무엇보다도 내가 연극을 너무 좋아한 까닭이라고 말하는 것이 옳겠습니다.

홍금자   사춘기 때는 대부분 아이들이 많은 꿈들을 가지고 있고, 또 특히 연극하기를 즐겨 할 때인 것 같습니다. 그러나 그 시절 1950년대 중반에는 부모님들이 공부를 하는 것을 좋아하시고 연극을 한다면 반대하실 것 같은데 부모님의 반응은 어떠셨습니까?

전옥주   다른 부모님과는 조금 달랐습니다. 그때에도 우리 아버님은 딸이 원하는 일이라면 무조건 하라고 밀어주셨지요. 경북여고 졸업반이 되었을 때 갑자기 아버님이 돌아가셨어요. 얼마간 편찮으시긴 했어도 50대 중반의 강건하신 아버지가 돌아가신다는 건 상상도 못했었어요. 온 집안이 날벼락을 맞은 격이 되었어요. 특히 나는 한껏 화려한 꿈의 날개로 비상을 하고 싶었던 때였으니까요. 더구나 "아버지가 돌아가신 마당에 서울로 대학 간다는 건 꿈도 꾸지 마라." 는 어머니의 엄명이 내려졌고요.

홍금자   그때 상황으로는 대학에 진학한다는 것이 어려웠겠네요.

전옥주   그러나 난 대학은 꼭 서울로 가야 한다고 생각했었

어요. 만약 가지 못하면 내 꿈, 아니 내 인생이 끝장이란 생각
이 들었었어요. 궁리 끝에 생각해 낸 것이 우리나라에서 하나
뿐이라는 예술대학의 장학생으로 입학하는 것이었어요.

홍금자 꿈을 성취하셨네요. 예술대학으론 서라벌예술대학
이 있었는데-.

전옥주 예 맞아요. 그런데 입학하고 보니 현실적인 여러 상
황이 굉장히 실망스러웠어요. 학교생활에 흥미도 없어졌고 꿈
도 없이 암담하기까지 했었어요. 그때 내가 진학하는 데 방향
을 가르쳐 주신 선생님의 말씀이 떠올랐었어요. 나를 연극영
화과로 가라고 하셨고, 많은 기대를 하시면서 희망을 주셨던
이광래 선생님이 계셨었습니다. 다시 힘을 냈습니다. "그래
작가가 되자. 연극을 좋아하고 고등학교 시절에 희곡을 써 봤
으니 희곡작가가 되자." 하고 마음으로 다짐하고 글을 썼습니
다.

홍금자 그때 쓰신 작품이 「운명을 사랑하라」였습니까?

전옥주 그래요. 선생님의 기대에 부응하기 위해 쓴 작품이
었어요. 이 작품을 선생님께 보여드렸어요. 그랬더니 몇 군데
만 수정하고 곧바로 《현대문학》에 추천을 해 주셨습니다. 그
때가 1962년 1월이었습니다.

홍금자 꿈꾸던 작가가 드디어 되셨군요. 무척 기쁘셨겠습니
다.

전옥주 물론 기쁜 마음이야 가졌었지만, 그것으로 작가가

됐다는 실감은 못 느꼈습니다. 문단에 아는 분도 별로 없었고, 가족이나 친구들한테 특별한 축하 인사도 받지 못했으니까요. 알리기도 쑥스러웠으니까요.

홍금자 지금 같으면 문예지도 많고 언론 보도의 지면이 많아서 금방 알려졌을 텐데 그랬군요. 그럼 언제쯤 작가로서의 긍지를 갖게 되셨나요?

전옥주 어느 날 친구와 자주 나가는 다방을 가게 되었는데, 그곳에서 대선배인 문인들과 대학 교수, 문화계 인사들이 먼저 나를 반기며 작가로 대해 주며 칭찬과 격려로 환대해 주셨어요. 그때서야 저는 작가로서의 실감을 느꼈습니다. 곧이어 경북대학교 연극부에서 「마의 태자」 조연출을 맡기고, 여기저기서 많은 원고 청탁도 받게 되어 바쁜 생활을 하게 되었습니다.

홍금자 선생님은 공직생활도 하신 걸로 알고 있는데 어떻게 하시게 되었는지요?

전옥주 일간지 문학부 기자로 오라는 곳도 있었는데, 그곳을 마다하고 정부에서 공보 요원을 뽑는데 특채로 뽑혀 그때부터 공직생활을 하면서 작품 활동도 병행해 왔습니다.

홍금자 공직생활을 하면서부터는 연극에 대한 꿈은 접으셨겠습니다.

전옥주 그때는 희곡만 썼습니다. 간혹 수필도 썼지요. 그러나 17년간의 직장 생활을 접은 뒤로는 소극장 '연극촌'을 만들어서 운영하기도 했어요. 연극에 대한 꿈을 쉽사리 접지 못했으니까요.

홍금자 얼마 동안 운영하셨는지요, 애로 사항이 많았을 텐데.

전옥주 2년간 운영했는데 돈이 너무 많이 들어 도저히 더 이끌어 갈 수 없어 중단했습니다.

홍금자 그럼 연극에 대한 사랑의 끈을 놓으신 셈이군요.

전옥주 아닙니다. 지금도 아동극을 매월 1편씩 써서 '디닥회'에 발표하고 있습니다. 희곡을 쓴다는 것은 바로 연극을 사랑하는 일이니까요.

홍금자 그동안 발표한 작품은 얼마나 되시나요?

전옥주 희곡집 3권, 수필집 몇 권, 콩트집 등이 있습니다.

홍금자 작품의 주된 주제는 어떤 것인지요?

전옥주 젊었을 때는 주로 사회 고발적이고 풍자적이었지만 지금은 온유하고 평화적이고 자연적인 편이지요. 요즘 아동극을 쓰는 것도 '나 자신이 평화'를 얻기 위함입니다.

홍금자 후배 문인들에게 한마디 하고 싶은 말이 있다면?

전옥주 1년 동안에도 많은 신인들이 쏟아져 나오는데 간혹 문학을 자신의 액세서리쯤으로 생각하는 사람이 많다는 말을 종종 듣습니다. 그런 말을 들을 때면 난 현기증이 일어납니다. 진정한 문인이라면 여러 가지 갖춰야 할 것들이 있어야겠지만 무엇보다도 투철한 작가 정신이 있어야 된다고 생각합니다.

홍금자 지금 '문학의 집·서울'에서는 주로 어떤 일을 하시
는지요?

전옥주 지금은 문인들 간의 교류 증진을 위한 '문인 마당'
을 만들어 주고 또 작품 발표의 장과 상호 문학 정보 등 문학
에 대한 모든 장르를 초월한 문학 공간을 만드는 일에 협조하
고 있습니다.

홍금자 선생님의 하시는 일이 참 중요하시군요. 오랫동안
감사합니다.

이향아 시인을 찾아서

은행잎이 노랗게 물들어 갈 때 압구정동에서 선생님을 뵈었다. 늘 깊은 미소를 지으신다. 미소 뒤에 숨어 있는 부끄러움이 있듯, 겸손함인 듯한 표정이 수줍은 소녀처럼 보인다. 멀리 광주에서 오시느라 아침 일찍 집을 떠나오신 탓인지 조금은 피곤해 보이셨다.

홍금자　선생님, 지방에서 오시느라 힘드셨지요? 만나 뵈어 기쁩니다.

이향아　반갑습니다. 사실 오늘 다른 일도 있는 터라 부지런히 왔습니다.

홍금자　선생님은 충남 서천에서 출생하시고, 군산에서 성장하여 서울에 유학을 하셨는데 힘드시진 않으셨는지요?

이향아　제가 서울로 유학하기까지는 퍽이나 많은 난관이 있었습니다. 중학교 2학년 때 아버지께서 돌아가시자 가정 형편이 갑자기 나빠진데다가 제가 어머니를 도와 가장 아닌 가장 역할을 해야 했었습니다. 저는 어려서부터 문학을 좋아했기 때문에 많은 책을 읽고 싶었습니다. 그러나 생활이 여의치 않아 직장을 학교생활 중간에 갖게 되었었는데, 그때 일하면서 틈만 나면 닥치는 대로 읽었습니다. 당시 《학원》 《여원》 잡지에 많은 수필, 시 등을 투고도 했었습니다.

　홍금자　그러니까 선생님은 여고 시절부터 글쓰기에 열중하였겠군요.

　이향아　예, 그렇습니다. 사실 학교생활이 너무나 고달팠지요. 일과 공부, 그리고 문학 수업은 무척 힘들었지만 어쩌면 이런 환경 때문에 제가 더욱 노력했고 문학에도 최선을 다하게 되었던 것 같습니다.

　홍금자　문학 수업에도 열중하셨다고 하셨는데 어떤 책을 주로 읽으셨는지요.

　이향아　처음에는 소설을 많이 읽었습니다. 예를 들자면 『이방인』 『닥터 지바고』 『전락』 등을 읽었지요. 그러나 그 시절엔 책이 그리 많지 않았었습니다. 많이 빌려다 보았지요. 그 후 전 시 쓰기에 열중하게 되었습니다. 한번은 『현대시 감상』이란 책을 빌려다가 내가 좋아하는 시 몇 편만 뽑아 노트에 옮기려 했는데 나중에는 그 두꺼운 책 한 권을 모두 다 베껴 쓰게 되었습니다.

　홍금자　그 당시에 많이 읽은 시는 어떤 것이 있었나요?

이향아 저는 신석정 시인의 시를 가장 많이 암송했고, 박두진 시인의 시도 늘 가슴속에 품어 외우고 다녔습니다.

홍금자 서울로 유학 오시게 된 동기도 말씀해 주세요.

이향아 한마디로 시를 공부하고 싶었기 때문입니다. 그리고 돈이 없으니까 장학금을 받을 수 있는 대학을 택하다 보니 서라벌예술대학(현 중앙대학)에 입학하게 되었지요. 공부하다 보니 또 갈등이 생겨 경희대학교로 옮겨 국어국문학과를 졸업하고, 대학원에서 문학박사 학위를 얻게 되었지요.

홍금자 선생님은 몇 년도에 등단하시게 되었는지요.

이향아 1966년도 《현대문학》에 서정주 선생님께서 추천하여 등단하게 되었습니다.

홍금자 등단 작품을 기억하시는지요.

이향아 「찻잔」「가을은」「설경」을 추천받아 등단하였습니다.

홍금자 문단 생활하시면서 함께 동인 활동을 하셨던 분들은 누구신지요?

이향아 처음엔 '여류시' 동인 활동을 했습니다. 동인은 박현령, 안혜초, 박정희, 강계순, 신달자, 유안진 등이었지요.

홍금자 그러면 '문체' 동인은 그 후가 되겠네요.

이향아 여류시 동인 활동을 하다가 신달자, 유안진과 함께 세 사람이 '문체' 라는 동인 활동을 하게 되었지요. 그 후 동인집을 14집까지 내고 동인을 해체하게 되었습니다.

홍금자 혹시 해체하게 된 특별한 이유라도 있으신지요?

이향아 꼭 특별한 이유가 있어서가 아니라 각자 문단과 학교(교수직) 생활을 바쁘게 하다 보니 자연히 모일 수가 없게 되어 헤어진 것이지요.

홍금자 이외에 동인 활동은 없으신지요.

이향아 '원탁시' 동인으로 활동했었습니다. 그러나 이제는 후배 양성에만 심혈을 기울일 생각입니다. 서울에 문인들이 불러 주거나 보고 싶으면 이렇게 달려오는 일이 있을 뿐입니다. 아무래도 문단 친구나 지인들이 서울에 많이 사니까 자주 서울에 올라옵니다. 더구나 내 아이들이 서울에 살고 있기도 하구요,

홍금자 시집 15권, 수필집 12권, 문학 이론서 7권 등 많은 저서를 남기셨고, 그에 못지않게 한국 문학상을 비롯하여 많은 문학상을 수상한 것으로 보아 문학 생활에도 선생님께서 처음 말씀하셨던 '최선'을 다하신다는 말씀이 손색이 없으십니다. 혹 앞으로의 계획이 있으시다면 말씀해 주세요.

이향아 제가 호남대학교에서 퇴직하여 명예교수로 있는데 '이향아 문학 교실'을 열어 후배 양성에 심혈을 기울이고 있습니다. 내가 사는 날 동안은 나를 필요로 하는 곳에 모든 힘을 바칠 생각입니다.

홍금자 오랜 시간 참으로 감사합니다. 건강하시길 기원합니다.

어떤 사람은 지금 우리는 시의 시대를 살고 있다고 말했습니다. 또한 시는 눈과 귀를 맑게 해주고 가슴과 머리를 씻어주며 때로 사람이 밉고 사는 게 힘들 때 한 편의 시는 무엇보다 큰 위안이라고 전했습니다. 그의 말대로 현실은 너무나 삭막하여 막막함을 느끼는 사람이 많아진 것 같습니다.

이러한 때 많은 시인이 나오고 수많은 작품들이 홍수같이 쏟아져 나오지만 과연 시가 지금의 우리를 위로하고 있는지 곰곰이 생각해 보았습니다.

홍금자　선생님이 며칠 전 번역한 시집 『Lyric Poems』는 잘 읽었습니다. 약 130여 편이 번역되었군요.

이준영　네, 그렇습니다. 좀 힘들게 작업이 되었습니다.

홍금자　힘들게 하셨다면서 어떤 면을 말씀하시는지요?

이준영　여러 가지 번역하는 일도 그렇지만 작품 선정에도 많이 고민했습니다.

홍금자 그러시다면 이번 작품 선정은 어떻게 하셨는지 궁금하네요.

이준영 사실 내 임의로 결정했습니다. 15년 전부터 내게 의뢰하여 번역된 시들과 함께 1/2 정도는 요즘 내 마음에 드는 시를 골랐습니다. 물론 시인들에게 번역해도 좋은지 의사를 통보받아 했습니다. 그런데 이번 작품에는 아주 기념비적인 작품이 한 편 들어 있습니다. 내가 시인이 되기 전 그 시를 읽고 너무 좋아 40여 년 전 《시사영어》란 잡지 독자란에 번역해서 투고한 시가 실렸었는데, 이번에 그 시를 실었습니다. 그 시는 황금찬 시인의 「고속버스와 나비」란 시입니다. 이 시야말로 내가 번역한 최초의 시입니다.

홍금자 선생님은 언제부터 시를 썼으며 문학작품 번역을 하게 된 특별한 동기가 있으신지요.

이준영 나도 다른 시인들과 마찬가지로 어렸을 때부터 시를 좋아했지요. 특히 고등학교 때는 전쟁 중이라 대구에서 학교를 다녔는데, 내가 특히 영어 공부에 관심이 많아 영어를 다른 학생들보다 좀 잘한 편이예요. 그리고 많은 시간을 시를 읽는 것과 영어 공부에 보냈어요. 그러다 보니 자연스럽게 시를 영역하게 된 것이지요.

홍금자 그러면 대학에서 전공한 과목은?

이준영 영문학을 전공했습니다. 시를 써서는 생활하기가 어려울 것 같아서요. 하하-. 사실 나는 영어 공부를 중도에 그만 두려 했던 적이 있었습니다. 아까도 말했지만 반에서는 영어를 제일 잘 할 뿐 아니라 선생님이 안 계실 때는 대신 강의할 정도였습니다. 그런데 어느 날 다른 곳에서 전학 온 친구가 나보다도 월등하게 영어는 물론이요, 다른 과목도 잘한다는 것을 알게 되었습니다. 다른 것은 몰라도 영어에 관한 한 나는 최고가 되리라 마음먹었었습니다. 그래서 훌륭한 영문학자 아니면 외교관, 유엔대사 등 나름대로 큰 포부를 갖고 있었는데 나보다 더 잘하는 사람이 있다는 것을 알고 한때 좌절하기도 했었지요. 최고가 될 수 없다는 것에 대하여-. 그러다가 대학에 진학할 무렵 그래도 내가 할 수 있는 것은 영어밖에 없다는 것을 느끼고 영문학과에 들어가게 되었습니다. (웃음)

홍금자 문학 장르 중 시만 번역하셨는지요?

이준영 아닙니다. 소설 3편, 영화 시나리오 「남부군」 1편, 수필, 논문 등 많이 했습니다. 시는 150여 편 했고요.

홍금자 선생님 시집 중에 영시로만 된 시집이 있으신지요?

이준영 나는 한 권도 시집을 영어로 엮지 못했습니다. 다른 시인들 것은 했지만요. (웃음)

홍금자 우리나라에는 아직도 문학작품 번역이 활성화되지 못한 것 같은데 번역 활동이 활발해져서 우리 작품도 많이 해외에 알려야 될 것 같습니다. 이렇게 되려면 어떻게 해야 할지 선생님 생각을 말씀해 주세요.

이준영 그렇습니다. 우리나라에서도 문학작품 번역이 요즘 늘고 있지만 아직도 걸음마 단계가 아닐까 생각합니다. 이것을 활성화시키려면 번역 문학자를 집중적으로 양성할 수 있는 기관이 있어야 된다고 생각합니다. 여기저기서 번역한다고 우후죽순처럼 나올 것이 아니라 전문인들이 모여 연구하고 발전시켜야 된다고 생각합니다.

홍금자 전문인이라 하면 문학적으로 시인이나 작가만큼의 사람이 되어야 할 것 같습니다. 구체적으로 어떤 사람이 번역해야 된다고 생각하는지요?

이준영 문학작품 번역자가 되려면 어떤 면에서는 시인, 작가보다 더 문학적인 사람이어야 한다고 생각합니다. 시, 소설에 젖어 있어서 충분한 작품으로 이끌어 내야 한다고 생각합니다. 다른 사람은 몰라도 나는 그 작품을 오랫동안 안고 씨름합니다. 이해하고, 해체하고, 조립하고, 전체 작품을 온몸의 정신을 모아 다시 점검합니다. 그래서 번역은, 즉 번역하는 기술과 예술을 겸비한 사람이 해야 한다고 생각합니다.

홍금자 선생님은 시인이시기에 더욱 작품을 이해하고 번역하리라 생각합니다. 또 많은 시인들이 선생님의 번역 작품을 좋아들 하고 있고요. 어떻게 선생님은 시만 쓰지 않으시고 영어를 주로 사용하는 직업에 오랫동안 몸담고 계시면서 시의 끈을 놓지 않으셨는지 궁금합니다.

이준영 1959년 《자유문학》에 김광섭 선생님의 추천으로 문단에 등단하게 되었습니다. 본래 나는 시 못지않게 음악도 좋아했었지요. 내가 등단할 때 선생님께서 시평을 해 주셨는데, 그때 제게 무척이나 황홀한 말씀을 주셨어요. "이 시는 뛰어난 작품으로 비범한 시적 자질을 가지고 있다"고 하셨습니다. 그 말씀은 지금도 내가 시를 쓰고 있는 이유가 되는지 모르겠습니다. (웃음)

　　홍금자　지금까지 많은 시인들의 작품을 번역하셨는데, 특히 기억에 남는 작품을 말씀하신다면?

　　이준영　서정주 시인께서 돌아가시기 얼마 전 작품 「가을비 소리」를 생전에 마지막으로 번역했던 것이 가슴 벅찬 일로 남아 있습니다.

　　홍금자　앞으로의 계획이 있으시다면 말씀해 주세요.

　　이준영　올해엔 내 시집을 가을쯤 내겠고, 앞으로 기회가 주어진다면 우리나라의 좋은 시들을, 될 수 있으면 많은 시인들 작품을 최선을 다해 번역해 보고 싶습니다.

　　홍금자　선생님. 감사합니다. 계획이 꼭 이루어지시길 기원하겠습니다.

김동호 시인을 찾아서

　영문학을 전공하고 오직 강단에서 후배 양성에만 힘을 쏟다
가 늦게야 문단에 발을 디딘 김동호 시인을 만났다.
　그는 시집을 내면서 이렇게 말했다. "시는 너무 오래 가둬
두면 구린내가 나. 감각의 신선도는 말할 것도 없고 결정(結晶)
이 아니라 결석(結石), 조화(造花)가 아름답다 해도 조화로만 가
득 찬 정원을 한번 상상해 봐. 그런 몸서리가 어디 있겠어. 그
래서 서둘러 또 쏟아내는 거야." 라고 말이다.

　홍금자 뵙게 돼서 반갑습니다. 평소에는 자주 뵙지 못했는
데⋯⋯. 오늘도 상당히 덥습니다. 무더위가 빨리 찾아온 듯합니다.
　김동호 그런가 봅니다. 무척 덥군요. 나는 문단 일에는 잘
나가지 않습니다. 지금 참여하고 있는 '공간 시 낭송회' 일에
만 열심이지요.
　홍금자 선생님께서는 언제 문단에 나오셨는지요? 늦게 등단

하셨다고 말씀하셨는데…….

김동호 1975년에 《현대시학》으로 등단했습니다. 당시에 전봉건 선생님이 운영하고 계셨지요. 김구용 선생님께서 저의 작품을 우연한 기회에 보시고는 정식 절차를 밟아 작품을 발표하는 것이 좋겠다고 하시면서 추천해 주셔서 그렇게 시인의 길을 가고 있습니다.

홍금자 등단하실 때의 연세가 41세라고 하셨지요? 등단하시기 전에도 많은 시작을 하셨는지요?

김동호 사실 좀 부끄러운 말씀이지만 등단하기 전 많은 작품을 쓰거나 시인이 되겠다는 생각이 없었습니다. 다른 시인들의 성장 과정을 보면 어렸을 때부터 문학적 소양이나 습작 기간이 있었지만 내 경우는 그저 내 속에 일어나는 느낌, 생각 등을 일기나 메모처럼 써 본 것뿐입니다.

홍금자 혹, 다른 시인의 작품이나 정신의 영향은 없으셨는지요?

김동호 처음 시와 가까울 수 있었던 것은 유고 시인 바스코 포파의 작품들을 읽은 후였습니다. 시인이 되고, 시를 적극적으로 쓰게 된 동기 부여를 해주었다고 말할 수 있겠지요.

홍금자 선생님의 첫 작품을 말씀해 주세요.

김동호 첫 작품인 동시에 첫 시집입니다. 『바다, 꽃』입니다.

홍금자 작품집의 제목을 '바다, 꽃'으로 정한 특별한 동기라도 있으셨는지요.

김동호 1972년부터 1974년까지 목포에서 잠시 살게 되었을 때 거기서 바다를 만났습니다. 포구에 모여들던 작은 배들, 그리고 바다의 거대한 포용성에 매료되었습니다. 이 모두가 바스코 포파의 이미지들과도 통하게 되었고요.

홍금자 그렇다면 선생님의 시의 산실은 바다이군요. 그래서 선생님의 작품 주제들이 바다와 같이 넓은 포용성과 사랑이 된 것 같습니다.

김동호 잘 보셨습니다. 초기에는 사회 비판적 작품들이 많았지만 나이가 들수록 바다와 같은 사랑, 또 산을 사랑하게 되면서 산의 부드러움도 배웠습니다.

홍금자 시 낭송회에도 관심이 많으신 줄 알고 있습니다. 특별한 계기가 있으셨는지요.

김동호 내가 1년간 영국에 체류하고 있는 동안 사람들이 얼마나 시를 사랑하고 아끼는지 놀랐습니다. 시가 특별하게 애송되는 것이 아니라 시 자체가 생활 속에 녹아 있었습니다. 사람들이 모이는 곳에서는 언제나 시가 낭송되었고, 가족들의 모임에도 으레 시가 노래처럼 있었습니다. 그때 생각한 것이 우리들에게도 시가 생활 속에 있게 된다면 모든 것이 아름다워지리라 생각했습니다.

홍금자 멋진 생각이십니다. 저도 황금찬 선생님을 모시고 10여 년이 넘게 시 낭송회를 이끌어 오고 있는 한 사람으로서 너무나 반갑습니다. 선생님께서 시 낭송을 통해 아름다운 사회 구현은 물론이요. 사회 풍토 개선에 이르기까지 애써 주시는 데 깊은 감사의 마음을 드립니다. 선생님의 시 낭송회 활동을 말씀해 주세요.

김동호 현재 '공간 시 낭송회' 회장직을 맡고 있습니다. 1994년에 시작하여 29일(수)이면 300회를 맞습니다. 그동안 구상, 성찬경, 박희진 시인들이 이끌어 왔지요. 현대문학관에서 6시에 합니다. 그날 홍 시인도 꼭 참석해 주세요.

홍금자 초대해 주셔서 감사합니다. 꼭 참석하겠습니다. 회원은 얼마나 되는지요? 그리고 시 낭송회에 특별한 의미를 부여하신다면 어디다 두시는지요?

김동호 회원은 17명 정도입니다. 시 낭송에 의미를 둔다면 시는 이 세상에 하나밖에 없는 독창적 노래입니다. 이 시가 활자에 갇혀 왜소해져 버렸습니다. 이 시를 깨워 사람들의 가슴에까지 이르게 해야 합니다. 그러기 위해 낭송을 통한 산 교육장이 필요하다고 생각합니다.

홍금자 우리의 생각과는 달리 많은 사람들은 시를 외면하고 있는 것이 현실입니다. 앞으로 시 낭송을 활성화하려면 새로운 공연적 모색이 필요할 것 같습니다.

김동호 그렇습니다. 우리는 창조적 일에 무척 미흡한 것이 많습니다. 당장 눈에 드러난 것만 추구하다 보니 그런 것 같습니다. 사실 모든 산업에도 운치 있는 예술적인 것을 적용하지 못하고 있습니다. 모든 제품들이 예술적 디자인이나 감각을 갖춘다면 그에 따른 부가가치가 얼마나 높아지겠습니까? 문학예술에 깊은 관심과 눈을 떠야 할 때라 생각합니다.

홍금자 오랫동안 감사합니다. 끝으로 앞으로의 작품 집필 계획을 말씀해 주세요.

김동호 《시민문학》이란 문예지에 연재하고 있는 시를 70여 편 골라 시집으로 묶을 생각입니다. 또 한 가지는 《우이시》에 연재한 '시로 쓰는 시론' 60여 편도 책으로 낼 생각입니다.

홍금자 감사합니다. 계획하시는 일 모두 이루어지시길 기원합니다.

철썩, 출렁임 하나가

철썩, 출렁임 하나가
나를 지나치고 지나간다

좋아하지 않고
깊이 들어갈 수가 있을까

깊이 들어가지 않고
꽃을 만날 수가 있을까?

꽃을 만나지 않고
사랑했다고 할 수 있을까?

조병무 시인을 찾아서

가을비가 며칠을 짓궂게 내리고 있다. 혜화동 로터리 플라타너스 잎들마저 축 늘어진 채 벌을 서고 있다. 퍽이나 오랫동안 그 자리를 지켜 오면서 많은 문인들의 눈 그림을 담고 있는 듯했다.

오늘따라 버즘나무들은 그 몸집이 더 커 보이고 늙어 보였다. 혜화동 찻집 창가에서 다시 시인이며 평론가이신 조병무 선생님을 만났다.

홍금자 비 오는 날 뵙자고 해서 죄송합니다. 오시는데 힘드셨는지요?

조병무 괜찮습니다. 비 오는 날의 지하철 분위기도 느껴 볼 수 있어 좋았습니다.

홍금자 감사합니다. 선생님은 어린 시절을 어디서 보내셨는지요?

조병무 일본 오사카에서 태어났습니다. 우리나라가 무척 가난했던 시절 부모님이 일본에서 섬유 공장을 하시게 되어 그곳에서 태어나 자랐지요. 7남매 중 5명은 일본에서 태어났고 2명은 우리나라로 와서 태어났습니다.

홍금자 형제 중 몇째가 되시나요? 그리고 언제 우리나라로 들어오셨는지요.

조병무 저는 7남매 중 셋째인데 부모님이 8 · 15 광복 전 해인 1944년에 우리나라로 들어오셨어요. 모든 것을 그곳에서 정리하시고 오셨습니다.

홍금자 그럼 유년 시절을 우리나라에서 보내셨겠네요.

조병무 부모님이 마산에 정착하시게 되어 그곳에서 초등학교, 중학교, 고등학교까지 마치고 대학 때 서울로 왔습니다. 그런데 대학 졸업 후 다시 마산으로 내려가 7년 동안 마산제일여고 국어 교사로 재직했었습니다.

홍금자 언제쯤 다시 서울로 오셨는지요?

조병무 1970년대에 다시 서울로 올라왔습니다.

홍금자 선생님이 문학을 하시게 된 특별한 동기가 있으셨는지요?

조병무 중학교에 다닐 때 아마 2학년 때쯤인 것 같습니다. 학교에서 동시 모집이 있었는데 그때 뽑혀서 프린트한 동시집을 내게 되었는데 그때부터 마음속에 문학의 싹이 튼 것 같습니다.

홍금자 적극적인 문학 활동을 시작하신 것은?

조병무 고등학교 2학년 때 마산에 함께 살던 이제하, 박현령, 김병총과 '백치'라는 문학 동인을 만들고 시 낭송회를 시작한 때라고 말할 수 있겠지요.

홍금자 선생님은 일찍이 문우들을 만나 활발한 문학 활동을 하셨네요. 지도 선생님이 계셨는지요?

조병무 마산에는 전쟁 때문에 내려와서 교편생활을 하시던 김춘수, 김수돈, 정진업, 이석, 문덕수, 이원섭 선생님들이 우리들에게 많은 영향을 주셨습니다. 시 낭송도 '백치' 동인들과 선생님들의 도움으로 이뤄졌습니다.

홍금자 '백치' 문학 동인은 얼마 동안 활동했는지요?

조병무 '백치'는 2년간 활동하다가 해체되었습니다. 동인지 한 권도 내지 못했습니다.

홍금자 대학을 국문과에 입학하셨는데, 이런 문학적 활동이 큰 영향을 주었겠지요?

조병무 그렇습니다. 특히 고등학교 3학년 때 교내 백일장에서 문덕수 선생님이 저의 시 '산'을 장원으로 뽑아 주신 것이 큰 계기가 된 것 같습니다.

홍금자 대학 때 문학 활동을 말씀해 주세요.

조병무 대학 1학년 때도 문학 동인을 결성해 '공백지대'에서 1년간 활동하다가 군 입대로 인해 해체하게 되었습니다.

홍금자 문단에는 언제 등단하셨는지요?

조병무 저는 대학을 8년 만에 졸업했습니다. 제대 후 경제적인 문제로 복학이 늦어졌기 때문입니다. 대학 3년 때 평론이 《현대문학》에 추천을 받게 되었습니다. 소설 분석으로 「날개의 두 표상」이란 작품이 1회 추천되었다가 졸업 때 박경리의 소설을 다룬 「자아의식의 문학 분석」으로 2회 추천을 마쳐 문단에 평론가로 등단하게 되었습니다.

홍금자 선생님은 언제쯤 추천되셨는지요?

조병무 제가 대학 1학년 때 '이상비의 문학적 진단' 이란 평론을 학교 학보지에 4회 연재를 한 일이 있습니다. 그것을 조연현 선생님이 보시고 저를 선생님 사무실로 불러 앞으로 평론가가 되라고 권유하셨습니다.

홍금자 그런데 선생님은 지금 평론도 하시지만 시인으로 더 많이 알려지셨는데, 시는 언제부터 쓰게 되셨는지요?

조병무 저는 서정주 선생님의 영향을 받아 시를 쓰게 되었습니다. 제가 마포 도화동에 살고 있을 때 서정주 시인의 댁도 공덕동에 있어 거의 일주일에 한 번씩 찾아뵙고 시를 보여 드렸습니다. 점심은 늘 선생님 댁에서 먹었습니다. 그때 사모님의 물김치가 일품이었습니다. 하하─.

홍금자 선생님을 뵙는 것보다 물김치 맛 때문에 자주 가신 것은 아닌지요? (웃음) 서정주 선생님의 추천이신가요?

조병무 선생님은 늘 "열심히 하게", "두고 가게"란 말씀뿐이었습니다. 그런데 《현대문학》에 간혹 시가 실리게 되면서부터 자연스럽게 시인이며 평론가가 되었습니다.

　홍금자　첫 시집은 언제쯤?

　조병무　저는 첫 시집, 첫 평론집, 첫 수필집 3권을 함께 내게 되었습니다. 『꿈 사설』(시집)과 『가설의 옹호』(평론집)와 『니그로오다 황금사슴 이야기』(수필집)를 1970년에 한꺼번에 내었습니다.

　홍금자　정말 대단하십니다. 3권을 한꺼번에 묶게 되다니 놀랍습니다.

　조병무　감사합니다. 그때 낸 평론집 『가설의 옹호』로 24회 《현대문학》 평론상을 수상하게 되었습니다.

　홍금자　앞으로 문학 활동에 대해 말씀해 주세요.

　조병무　첫째 1940년부터 1970년대 여성 시인 33명에 대해 대담에 의한 문학사를 정리 중에 있고, 둘째 시조 시인 『조운 평전』에 대한 재작업, 셋째 1980년대 썼던 『시를 어떻게 쓸 것인가』를 대폭적으로 수정, 증보판을 낼 생각입니다. 그리고 넷째는 '한국 소설 묘사 사전'에 대해 10여 년간 작업한 것을 마무리할 생각입니다.

　홍금자　굉장히 많은 분량입니다. 오랜 시간 동안 감사합니다.

1992

- 한국문협 해외 심포지엄 행사 한국 대표로 러시아(알마타)에서 시 낭송

1993

- '한강 맑히기 선상 행사'에서 환경시 낭송

1994

- 세종문화회관 개관 기념 시화전 기획, 출품
  (박두진 · 조병화 · 황금찬 · 홍금자 外 41명)

1995

- 황금찬, 홍금자 2인 시 낭송(정동극장)
- '물 사랑하기' 예술 한마당 기획, 진행 주관
  (후원 : 한국예총, 주관 : 예술시대 작가회)

1996

- 경방필문화센터 시화전 및 시 낭송
- '문학의 해' 기념 문인극 「어미새 둥지에서 새끼들 날려 보내다」 출연
  (극본:이근삼 / 연출:차범석 / 출연:조경희 · 황금찬 · 김이연 · 유현종 · 김국태 · 홍금자 등)

1997

- '어머니 시 사랑회' 낭송 대회 심사위원

1989 ~ 1997

- 중구 · 서초구 · 도봉구 · 강남구 · 강북구 · 강서구 주관 백일장 심사위원

1996 ~ 1997

- 마포도서관 문화센터 '시 창작 및 시 낭송' 강사

1994 ~ 현재

- '시마을 문학회' 대표로 시 낭송 활동

1993 ~ 1997

- '세종문화회관 분수대 축제' 시 낭송 기획, 출연(연 2회)

1998

- 문인극 「양반전」 출연

  (출연 : 황금찬, 정연희, 문정희, 박정희, 홍금자 등)

1999

- '전국 학생 문화 예술제' 심사위원장

2000

- '제1회 장애우와 함께 하는 시와 음악 축제' 기획, 연출

  (주최:시마을 문학회, 장소 : 정동극장, 후원 : 서울시, 한국자막방송협회)
- 제10회 '한민족 문학인 세계 대회' 참석(L. A)
- 미주 지역 '제13회 해변 문학제' 시 낭송 출연

2001

- '제2회 청각장애인을 위한 시와 음악 축제' 기획, 연출

  (주최 : 시마을 문학회, 후원 : 서울시, 마포문화원)
- '전국 국민 편지 쓰기 대회' 심사위원
- '전국 청소년 편지 쓰기 대회' 심사위원

2002

- '제3회 청각장애인을 위한 시와 음악 축제' 기획, 연출

  (주최 : 시마을 문학회, 후원 : 서울시, 마포문화원)
- '전국 국민 편지 쓰기 대회' 심사위원
- '아시아 시인 대회' 참가(중국 서안, 8월)

2003

- 마포문화원 특별 초청 홍금자 시인 시 낭송회
- '제4회 장애우와 함께하는 음악 축제' 개최

2004

- 한국여성작곡가회 초청 '좋은 우리 노래 창작 가곡의 밤' 개최
- 제100회 시마을 문학회 시 낭송 축제

2005

- 마포문화원 초청 홍금자 시 낭송회
- 동유럽(슬로베니아 · 오스트리아 · 헝가리 · 체코) 국제 펜클럽대회 참석

2006

- '그리스, 터키' 해외 문학 심포지엄 참석
- 서사시 '한강 환상곡' 예술의전당 콘서트홀 공연
- 문인극 「맹 진사 댁 경사」 출연
  (출연자 : 황금찬 · 이근배 · 조병무 · 홍금자 · 유자효 · 김유선 · 박미경 등)

2007

- 제130회 시마을 시 낭송 축제
- 《신동아》 6월 호 '인물 초대석' 게재
- '선유도' , '서울광장' 시 낭송 출연
- 가곡 작시 '그날이여' (KBS홀), '사랑은' (부산시민대극장), '사랑의 나무' (부
  산시민대극장)
- '제주 풍경' (제주문예대극장) 등 발표 공연
- 제1회 대한민국 가곡제 참가 공연, 작시 '사랑은'
- 아프리카(세네갈 · 남아공 · 케냐) 국제 펜클럽대회 참석
- 해외 문학 심포지엄(스페인, 포르투갈) 참가

■ 약력

1. 약력

- 경기도 수원 생
- 수도여자사범대학(세종대학교) 국어국문학과 졸업
- 고등학교 국어교사 역임
- 《예술계》 시 부문 신인상으로 등단
- 국제 펜클럽 한국 본부 이사
- 한국문인협회 회원
- 한국시인협회 중앙위원
- 한국여성문학인회 이사
- 한국기독교문인협회 이사
- 시마을 문학회 대표
- 도서출판 시마을 편집장 역임
- 포럼 우리시 우리음악 작시분과 위원장
- www.hongkj.com   E-mail hkj2019@yahoo.co.kr

2. 시집

- 『창가에 심는 그리움의 나무』
- 『너는 바다 크기로 내 안에 들어와』
- 『하늘에 걸린 정원』(황금찬, 홍금자 2인 시집)
- 『그대 따라 나서는 길』
- 『목마른 나무가 되어』
- 『유년의 우물』
- 『고삐 풀린 시간들』
- 『우수날의 강변』
- 『너를 바라보는 것만으로도 기쁨인 날』(시선)
- 『새벽강 저쪽』(시선)

3. 공저(산문, 시집)

- 『어머니 찾아가기』
- 『나의 남자 친구』
- 『아름답고 소중한 것』
- 『흔들리는 겨울』
- 『불꽃 튀는 도시』
- 『한국 현대시선 』 外 20여 권

4. 가곡 작시

- 그 사랑 앞에서(허방자 작곡), 2004, 이원문화센터 공연
- 꿈꾸는 아이(임준희 작곡), 2004년, 이원문화센터 공연
- 그리움의 나무로(오숙자 작곡), 2004
- 해맞이(이찬해 작곡), 2005, KBS FM 방송
- 그날이여(이안삼 작곡), 2007, KBS홀 공연
- 한강 환상곡(이동훈 작곡), 2006, 예술의전당 콘서트홀 공연
- 사랑은(이안삼 작곡), 2007, 금호아트홀 공연
- 사랑의 나무(임등수 작곡), 2007, 부산시민대극장 공연
- 제주풍경(최영섭 작곡), 2007, 제주문예회관 공연
- 제1회 대한민국 가곡제 작시 '사랑은' , 2007, 영산아트홀 공연

4. 수상

- 윤동주 문학상(1992)
- 새천년 한국문학상(2001)
- 마포구 문화상(2004)
- 울림예술대상(2006)